DISCURSO SOBRE O CAPIM

LUIZ SCHWARCZ

Discurso sobre o capim

Contos

COMPANHIA DAS LETRAS

Copyright © 2005 by Luiz Schwarcz

Capa
João Baptista da Costa Aguiar

Foto de capa
Pedro Martinelli/Sambaphoto

Preparação
Márcia Copola

Revisão
Otacílio Nunes
Isabel Jorge Cury

*Os personagens e as situações desta obra são reais
apenas no universo da ficção; não se referem a pessoas
e fatos concretos, e sobre eles não emitem opinião.*

Dados Internacionais de Catalogação na Publicação (CIP)
(Câmara Brasileira do Livro, SP, Brasil)

Schwarcz, Luiz
    Discurso sobre o capim : contos / Luiz Schwarcz. —
São Paulo : Companhia das Letras, 2005.

ISBN 85-359-0718-1

1. Contos brasileiros I. Título.

05-6088   CDD-869.93

    Índice para catálogo sistemático:
    1. Contos : Literatura brasileira 869.93

[2005]
Todos os direitos desta edição reservados à
EDITORA SCHWARCZ LTDA.
Rua Bandeira Paulista 702 cj. 32
04532-002 — São Paulo — SP
Telefone (11) 3707-3500
Fax (11) 3707-3501
www.companhiadasletras.com.br

Se eu tivesse de escolher entre a felicidade e cantar bem... não tenho a menor dúvida do que escolheria.

David Grossman, *Alguém para correr comigo*

Sumário

Sétimo andar, 11

A biblioteca, 27

Vulcão, 33

Palavras cruzadas, 35

Empreendimento de alto padrão, 47

Almas gêmeas, 53

A quinta parede, 57

O lado esquerdo da cama, 63

Doutor, 67

Acapulco, 71

Livro de memórias, 103

Notas, 111

Agradecimentos, 113

DISCURSO SOBRE O CAPIM

Sétimo andar

De lá tudo parecia pequeno. Menos eu. Minha posição era sempre a mesma. Sentado no chão, com as pernas dobradas para a direita, sobre o carpete felpudo e irregular. Eu olhava, meu aprendizado do mundo se dava pelo canto de baixo da janela do jardim-de-inverno. Agora já não existem jardins-de-inverno nos apartamentos. Talvez porque até hoje não se soube explicar o que é um jardim-de-inverno. Algumas samambaias penduradas numa parte da casa onde ninguém come nem senta para conversar? Um lugar com piso diferente, mármore nos apartamentos chiques, cerâmica nos outros, para tornar o ambiente semelhante ao do inverno europeu?

E nunca fazia frio naquele jardim-de-inverno, que meus pais mesmo assim resolveram acarpetar, um carpete alto marrom, aquele no qual eu sentava, com o corpo meio dobrado. E puseram uma televisão num dos cantos da mínima floresta tropical, onde além das samambaias havia avencas, e duas orquídeas que nunca vingavam. Minha mãe conversava com elas, alguém lhe dissera que essas plantas precisam de conversa; como padres no confessionário, as orquídeas gostam de ouvir o que os outros querem falar mas não contam a quem pode responder.

Eu olhava os carros que viravam a esquina, as moças de sandália ou alpargata, as senhoras com salto alto e sombrinha, os garotos que carregavam tacos, bolas e lancheiras, os porteiros dando um passo para fora dos prédios, arriscando um pedaço de conversa com uma babá ou uma pitada num cigarro de palha. O jornaleiro tagarela chamava minha atenção. Ele falava alto, com seu português que ainda não esquecera as raízes; eu não podia escutar lá de cima, mas imaginava tudo o que o seu Francisco dizia. Ele gostava de vender figurinhas de jogadores de futebol, e fazia os clientes mirins abrirem o pacote na sua frente: celebrava as imagens que não se repetiam e culpava o diabo se a sorte não era a mesma. Esbravejava mexendo os braços, sobretudo quando a figurinha que aparecia era a do Fidélis, um beque do Bangu — camisa listrada vermelha e branca, chamado de Touro Sentado pelos locutores de rádio e grande azarão dos álbuns. Era como se eu ouvisse perfeitamente o seu Francisco exclamar: "O Fidélis de novo não, diabos, o Fidélis de novo não!".

Em frente à banca havia um boteco, com balcão de madeira escura, cadeiras altas, e uma caixa de vidro onde moravam, de um lado, ovos cozidos que eu julgava amarelados pelo tempo, do outro salsichas mergulhadas num molho de tomate, cebola e pimentão. O cheiro era forte,

12

mas a combinação de cores dava uma aparência apetitosa àquela vitrine. No balcão sentavam-se pedreiros, encanadores e pintores que trabalhavam na região, todos de calça arregaçada, camiseta, sandália e chapéu improvisado com jornal velho ou com um saco de supermercado. Quando um porteiro ou zelador entrava no bar, o contraste entre os uniformes era nítido, parecia uma daquelas partidas de futebol em que só um dos times joga com o traje completo. As roupas dos pedreiros, identificadas pelas manchas irregulares, por deixarem braços e pêlos à mostra, a casca grossa dos pés dos homens servindo de emblema, em vez dos nomes bordados no bolso das camisas azuis dos funcionários dos prédios: Edifício Apolo, Pompéia, Arcádia, Pireneus, Atlantis...

Eu quase não ia ao bar. Às vezes comprava um chiclete, ou tomava alguns goles de guaraná Caçula, com a sobra do dinheiro usado para pagar as tais figurinhas ou um gibi do Pateta, meu favorito. No boteco a sensação de estranheza era forte, ouvia alguém pedindo no balcão: "Me vê mais um rabo-de-galo", e olhava assustado para o copo vermelho, imaginando o sofrimento do pobre animal. A estranheza logo se transformava em medo, e eu voltava para casa com a impressão de não pertencer nem ao bar nem à rua. Com passos largos, evitava olhar para os meninos que jogavam taco na calçada, tinha receio de estranhá-los também, apesar da idade comum. Nos poucos metros que separavam meu prédio da esquina, passava por três ou quatro cortiços; ali moravam os garotos que eu não olhava de perto mas prendiam minha atenção por horas, lá em cima, no meu canto protegido de janela, onde ninguém podia me ver.

De lá eu sentia liberdade para olhar tudo. A distância me aproximava do que acontecia na rua, principalmente dos meninos, de quem, de perto, eu só via os pés, enquanto andava ansioso, mirando o chão, até entrar no elevador e suspirar. Lá em cima não me envergonhava dos tênis novos ou dos sapatos que brilhavam com a graxa que faltava aos calçados rotos, ou aos pés descalços, dos garotos que corriam com o taco na mão. Sobre o carpete felpudo eu até me descalçava, tirava as meias brancas, examinava os pés, tentando encontrar semelhanças entre eles e os dos meninos da rua; pelo menos eu não tinha dedos a mais, ou um terceiro calcanhar polido e torneado na planta do pé.

O jogo só parecia contínuo e lógico do alto, antes era um amontoado de ruídos, um taco batendo no outro, os pés raspando o chão, os berros dos meninos comemorando um ponto.

Na posição habitual, a cabeça virada para a esquerda, na direção dos cortiços, e o tronco reto sobre as pernas dobradas para o outro lado, como se o corpo se mantivesse centrado por essas duas inclinações opostas, eu podia respirar tranqüilo. Da esquina esperava os imprevistos, os carros e as pessoas que iam surgir e que eu tentava adivinhar como seriam. Fechava os olhos com força e enfiava os dedos em figa entre as coxas, tanto buscando um tipo de concentração, como apelando para a superstição mais banal. "Fusca amarelo, fusca amarelo", eu dizia, rangendo os dentes, antes de abrir os olhos, desfazer a figa e provar minha capacidade de gerar coincidências, lá das alturas do sétimo andar. "DKW ou Simca Chambord", eu arriscava dois tipos de carro de uma vez quando a sorte não andava boa. Mas, se em alguma ocasião minha força mental se confirmava poderosa, chegava a ousar palpites mais específicos; sempre com os olhos fechados e o peito estufado de confiança, apostava que uma mulher de vestido florido ou um homem trajando terno escuro viraria a esquina a qualquer momento em minha direção.

No imprevisível buscava a coincidência, forma falsamente modesta de nomear minha capacidade de prever o futuro. Um poder que compensava com sobra o fato de eu passar as tardes sozinho e me ajudava a esquecer que tinha tanta vontade quanto medo de descer para onde estavam os meninos, que moravam nos sobrados e usavam a rua para brincar. Não que adivinhasse com freqüência o que viria da esquina. O fusca amarelo ou o Aero Willys cinza raramente apareciam depois do meu trejeito de minifaquir das alturas, mas, quando isso acontecia, um grito ecoava pelo apartamento: "Acertei, coincidência!", como se essas duas palavras não fossem contraditórias entre si. Ou bem eu era dono de um extraordinário poder mental, ou as coincidências, que por definição não atendem ao chamado de uma das partes interessadas, entravam em ação. As tardes iam assim, divididas entre meu olhar desejoso de descer e a ilusão de fazer da rua uma serva fiel das minhas vontades, como se a vida fosse um teatro e eu seu produtor, diretor, cenógrafo, figurinista. O único papel que não me cabia era o de ator.

Habituei-me ao silêncio do meu posto, os ruídos da

rua não me alcançavam, o sétimo andar devia estar naquele trecho da curva onde o som respira e toma fôlego, depois de invadir a privacidade dos andares baixos e antes de incomodar os de cima. E o silêncio também me batia pelas costas, minha casa era quieta, a sala muito grande, um corredor comprido dava para os quartos e a cozinha. Por vezes eu ouvia conversas entrecortadas de minha mãe, provavelmente pelo abrir e fechar das portas: "Maria, o que faremos para o jan..."; "Alô, Clarice, alguma novidade, queri... não diga, coitadi...". As vozes pareciam vir de longe, de uma distância bem maior do que a que separava o apartamento da rua, e fui me acostumando a considerar aquelas falas como intervalos, o oposto do que ocorre entre uma faixa e outra de um disco, os breves segundos em que não há música; o burburinho longínquo e incompleto da minha mãe dividia o silêncio em faixas mais curtas ou mais longas de um mesmo LP.

De tanto olhar para a esquina da esquerda, ao levantar no fim da tarde eu precisava chacoalhar o lado direito do corpo para me certificar de que ele existia, ou que estava acordado. Girava a cabeça várias vezes, único sinal de que o mundo era mesmo redondo e a vida não acontecia exclusivamente naquele pedaço de calçada que começava com o bar e tinha a banca bem na frente, ajudando a esconder um pouco mais os carros e os transeuntes que entrariam na minha fronteira, com ou sem o salvo-conduto da minha premonição. Da janela, o lado direito da rua não existia. Parecia ter sido apagado do mapa como num desenho animado, ou como numa mágica dos programas de auditório, nos quais moças vestindo maiôs brilhantes desapareciam dentro de caixas ocas de madeira, ou garfos eram entortados com um simples olhar, sem falar nos médiuns que curavam cegos e mancos, nas noites de sábado, naqueles programas transmitidos ao vivo que fascinavam meu pai. Ele não se espantava com o que se mostrava ali, mas com o fato de a imagem aparecer na tela no exato momento em que era gerada no estúdio de televisão. A reiterada surpresa do meu pai com essas imagens que voavam sem precisar de tempo para chegar aonde quer que fosse e a banalização das mágicas e dos efeitos especiais devem ter tido grande importância em meus jogos vespertinos, dos quais nem ele nem minha mãe tinham conhecimento. Num universo em que uma coisa ocorria em vários lugares ao mesmo tempo, o Patolino voava como o foguete de Neil Armstrong, Jeannie, o gênio da garrafa, com um piscar dos olhos eliminava pessoas inconvenientes da vida do major Nelson, National Kid perseguia os Incas Venusianos pelos ares e o Homem do Sapato Branco e Flávio Cavalcanti apresentavam as curas milagrosas de Zé Arigó e a força mental de Uri Geller, por que eu não poderia simplesmente adivinhar os imprevistos que se escondiam detrás da banca de jornal?

E, no lado direito da rua, tudo se parecia com meu prédio. Não havia cortiços, boteco, banca, meninos brincando. Os garotos que passavam por lá eram iguais a mim, filhos de amigos dos meus pais ou alunos do meu colégio, de uniforme azul e branco; era como se aquelas duas calçadas não pertencessem ao mesmo chão.

A sala, acostumada com o silêncio dos meus longos períodos à janela, pareceu estranhar quando, uma vez por semana, sempre à tarde, passou a receber a visita do grupo de amigas da minha mãe que resolveram se reunir em volta da mesa de jantar para ter aulas de história da arte. No começo tentei ignorá-las e me manter em meu posto de observação, distante alguns metros da invasão de tailleurs, vestidos, perfumes, e de conversas sobre criados, Velázquez, crianças, receitas de doces, cubismo, Gauguin e maridos.

Não foi possível. A rua exigia silêncio e compenetração. Eu não conseguia adivinhar carros e observar os meninos enquanto ouvia suspiros sobre a Madonna de Rafael ou as bailarinas de Degas. Não sabia se vibrava por ter previsto que a próxima pessoa a surgir da esquina seria um homem de idade, ou se prestava atenção na história da bronca dada por uma das mulheres na empregada, que salgara demais o feijão ou esquecera de engomar a camisa do marido. Assim, acabei atendendo aos pedidos da minha mãe e passei a assistir às aulas sentado no seu colo ou ao seu lado, alternando momentos de enfado com o fascínio por alguns quadros analisados pela professora, uma senhora com voz estridente e forte sotaque italiano. Era comum que me pusesse a macaquear dissimuladamente a pose dos modelos retratados ou esculpidos. Sem que o grupo notasse, eu imitava, debaixo da mesa, a posição da mão com que Davi segurava sua arma, ou abria um olhar dilatado como o de Moisés, ou tentava largar meu peso no colo de minha mãe como se ela fosse uma das muitas Pietàs. Várias vezes alongava o pescoço como num quadro de Modigliani, mas com segundas intenções: queria ao mesmo tempo brincar com o que via naqueles livros e assistir ao jogo de futebol no campo do terreno baldio atrás dos cortiços.

A terra batida era um verdadeiro parque de diversões para os meninos da rua, com direito também a esconderijos, pista de decolagem para pipas, cancha de bola de gude e ringue de luta livre sem cordas nem juiz. Só dava para ver o terreno da janela da sala de jantar, onde eu me posicionava muitas vezes, evitando ficar a tarde toda na janela principal. Observava o movimento da rua e, quando via um grupo de garotos se dirigindo para lá, pedia licença às samambaias e avencas e abria as cortinas laterais com vista para o meu estádio olímpico particular.

As aulas de história da arte aproximaram-me ainda mais do campinho. Passei a observá-lo com maior freqüência. Enquanto as reproduções de quadros famosos ficavam espalhadas pela mesa e a professora discorria sobre o sublime na arte, eu buscava com o canto dos olhos, através da janela, ver o que acontecia ali, os movimentos imperfeitos dos meninos. "É sublime, é sublime", ela repetia um sem-número de vezes, com seu entusiasmo sem pudor. Transformava-se ao descrever suas esculturas e quadros favoritos, e falava da crença que tinha em Deus, um Deus que nascia da arte, dos artistas. Lembro-me de ter perguntado, depois de assistir a algumas aulas: "Mãe, afinal o que é sublime?". Perguntei também se o Deus da professora era o mesmo que o nosso, o que dera as tábuas a Moisés e testara a fidelidade de Abraão. Acho que não tive resposta.

Também não fiquei sabendo muito sobre a professora

de arte; uma mulher sofrida que andava de muletas, com uma perna que acabava no ar. Minha mãe, evasiva, só dizia que ela havia sofrido um acidente quando jovem, e me devolvia perguntas sobre os quadros estudados nas aulas: "Você reparou no que ela disse sobre as mãos nas telas de El Greco, são perfeitas. E o dedo indicador sempre tão separado do médio, por que será? Nem ela soube explicar".

E, para evitar que eu fizesse outras questões inconvenientes, sentava-me no colo, os livros apoiados nas minhas coxas, e mostrava as figuras de são Francisco, Jesus, são Paulo, da Virgem Maria, apontando com meus dedos os olhos fundos dos modelos de Piero della Francesca, as bocas abertas dos heróis de Caravaggio, ou ainda as vestes vermelhas nos quadros dos pintores venezianos.

Em algumas aulas eu me desprendia e voltava para o chão, próximo à janela, cansado das maravilhas exaltadas e do tom estridente da professora. Ouvia os suspiros das amigas da minha mãe, imaginava-as balançando a cabeça em sinal de aprovação e deleite, mas preferia o balançar dos corpos no campo marrom e os prováveis palavrões a cada gol perdido. Ali sentado, o que eu via era uma confusão de pernas e pés: dos garotos descalços no campo, das mulheres com sapatos bicudos, bege, rosa, pretos, além da perna solitária da professora, debaixo da mesa de jantar.

A aula terminava junto com o dia, e eu não tinha mais tempo de me posicionar nas janelas, perdia horas me despedindo das senhoras, todas beliscando minhas bochechas ou dando tapinhas no meu cocuruto: "Que bom menino", elas diziam, e minha mãe sorria. Às vezes eu corria até o jardim-de-inverno para tentar uma última coincidência, apesar do lusco-fusco embaralhar as cores dos carros e o sexo dos transeuntes.

Nos dias de aula de história da arte eu ia para a cama quase sem lembranças de adivinhações, as quais contabilizava regularmente no escuro, depois do copo de leite e da reza silenciosa, antes de dormir. Nessas noites esperava pelo sono folheando os livros analisados, com uma mistura de admiração e raiva. Olhava para os pés dos personagens de El Greco e não para as mãos, que eram perfeitas demais. Os pés talhados dos santos na cruz sempre chamavam minha atenção. Alguns pintores representavam cada dobra da sola dos pés daqueles homens com a mesma riqueza com que traduziam suas expressões sofridas, mas ninguém notava; assim como só eu olhava para os pés das madames, comprimidos em bicos finos, escapando brevemente dos sapatos, em busca de um discreto alívio.

Acabei me apegando ao retrato de uma mulher com um manto de pele e o rosto envolto por um véu branco. No começo apenas por pirraça, já que uma das aulas fora inteiramente dedicada a um quadro do cardeal-chefe da Inquisição na Espanha. A professora falava dos horrores cometidos pela Igreja da época, mas exaltava a beleza da obra. O olhar cínico do religioso era impressionante, ela repetia, chamando a atenção também para o contraste de seus trajes vermelhos com o brocado dourado do fundo da tela. Mas a mulher do retrato era mais bonita e frágil.

A tarde de sexta trazia uma certa ansiedade; eu queria encerrar bem os trabalhos premonitórios, já que no fim de semana minha presença na janela seria esporádica. Meus pais procuravam me distrair, levando-me a parques, clubes, circos ou ao suplício sem fim das tardes na ópera. Sentávamos na primeira fila do Teatro Municipal para as matinês de *Tosca*, *Pagliacci*, *Traviata* e outras tragédias, em que se esperava que o público chorasse de emoção; eu quase chorava de tédio. Ali era obrigado a esticar o pescoço para tentar enxergar o rosto dos cantores, detrás das barrigas enormes que, eu temia, desabariam a qualquer momento sobre mim.

Assisti a muitas óperas, com uma riqueza de detalhes que não conhecia nas minhas tardes na janela. Afundado na cadeira, via os cantores como planetas distantes que se aproximavam; as pernas apertadas em longas meias, as cintas responsáveis por firmar as barrigas, o excesso de maquiagem, e as perucas, que do fundo do teatro deviam ser percebidas como belíssimas cabeleiras naturais.

Agüentei quieto muitas tardes, sem dizer que detestava aquela cantoria sobre os enganos do amor e as fraudes do destino. No entanto, quando meu pai me comunicou que iríamos assistir a uma ópera brasileira em que cantores e cantoras, vestindo cocares e plumas em vez de meias-calças e mantôs, não poderiam esconder a flacidez, comecei a fraquejar. A idéia de ver Cecis e Peris gordos e loiros cantando em italiano me pareceu insuportável, e, com a ajuda de uma lâmpada amiga, desenvolvi uma febre súbita na véspera do tão esperado espetáculo. Meu pai teve de vender os ingressos e, provavelmente ciente da minha encenação, nunca mais me convidou para as óperas.

Às sextas-feiras havia um ritual de passagem que marcava a interrupção no meu trabalho de observação. Minha mãe se aproximava com um lanche caprichado e me chamava para o quarto. Lá eu sempre encontrava uma muda de roupa recém-passada esticada sobre a cama. Ainda podia sentir o calor do ferro elétrico, e chegava a duvidar que minhas pernas caberiam nas calças que, de tão prensadas, se confundiam com os lençóis. Era o sinal de que meu pai logo voltaria do trabalho e me levaria à sinagoga, onde eu deveria mostrar minha gratidão pela semana de trabalho que se encerrava e celebrar o dia sagrado em que até Deus descansou. Poderia aproveitar a ocasião e agradecer ao Senhor pelas coincidências concedidas, mas preferia, com meu pai compenetrado rezando ao lado, pensar que as coincidências eram mais mérito meu que do Criador. Com isso dava a devida importância ao esforço de concentração que fazia e não corria o risco de arranjar um atrito com Deus nos períodos em que as coincidências rareavam. No entanto, na prece final acabava pedindo uma força, que Ele me ajudasse na semana que se iniciava depois do *Shabat*: "Não custa nada, meu Deus", eu dizia, antes do amém.

E ouvia as rezas quieto, mexendo os lábios para que meu pai achasse que eu também estava cantando. Ele rezava e de vez em quando olhava para mim, controlando minha fé. Nessas horas eu elevava a voz, mas baixava a cabeça, envergonhado. Na cerimônia do *Shabat* o tempo custava a passar. A religião depende da insistência e da repetição, e eu não via a menor graça em falar tantas vezes que Deus era único, e tão perfeito, e que nós éramos uns pecadores, sem exceção.

Pelo que dizia o livro sagrado, o dia do descanso começava depois da sinagoga, com o jantar do *Shabat*. Mas esse jantar, por ser o mais caprichado da semana e ter sido precedido de tantas preces, escondia uma certa tensão. Era como se jantássemos acompanhados — por Deus, pelo Messias, ou por um enviado celeste qualquer. Meu pai queria que eu continuasse de solidéu durante o jantar, eu insistia que não e, sem ninguém perceber, balançava levemente a cabeça até que ele caísse. Meu pai se irritava ao recolhê-lo, e lembrava que o quipá era o símbolo que não nos deixava esquecer da existência de um ser superior aos homens, e eu quase lhe dizia: "Tudo bem, mas será que Ele tem que jantar conosco justo na noite em que a comida é especial?".

O sábado e o domingo começavam diferentes dos outros dias da semana — meu único horário na janela do jardim-de-inverno era logo cedo, quando meus pais ainda dormiam. Nos domingos almoçávamos sempre no mesmo restaurante. Na saída, ofereciam balões de gás que, aos poucos, passaram a fazer parte dos meus jogos premonitórios: durante o almoço, enquanto meus pais falavam comigo, eu tentava adivinhar a cor do balão que ganharia.

Com o tempo as coincidências foram sumindo da minha vida. Quando isso ocorreu, eu não sei dizer. Talvez tenha se tornado difícil disfarçar a predominância dos erros, e eu já não conseguisse acreditar nas desculpas que inventava para minha falta de controle da situação. Sei que em algum momento não olhei mais os quadros com minha mãe, e as partidas no terreno baldio pararam de me atrair.

Os pés dos santos e das madames perderam o interesse, e a presença do Eterno no jantar de sexta-feira deixou de me incomodar. Também se tornou mais trabalhoso dobrar as pernas ao sentar, e a cabeça ficou mais resistente à inclinação.

À distância tudo parece ter acontecido de uma só vez, justamente quando meus pais notaram que o carpete felpudo do jardim-de-inverno estava ralo e démodé. Compraram um novo, de sisal colorido bem fino, onde nunca sentei.

A biblioteca

Ele me levou para o seu escritório, na parte mais alta da casa, mostrou-me a estante vazia, recém-comprada, o pinho ainda brilhando, e disse: "Se você quer mesmo estudar letras, aqui ficará sua biblioteca".

Assinou um cheque em branco, pediu-me que depositasse o valor necessário em minha conta e que com o dinheiro comprasse os cem melhores livros que existissem.

"Os cem melhores, entendeu?"

Assustada, saí do quarto e passei o resto do dia me lembrando da cena, a frase ecoando na mente: "Os cem melhores, entendeu?".

Seu olhar era doce, o que é raro em se tratando de meu pai, homem seco e contido.

Sozinho havia dois anos, era fácil notar quando pensava em minha mãe, seus olhos ficavam curvados, como se sentisse saudades pelas sobrancelhas. Falava baixo, a voz sempre mirava o chão, mas naquele dia me olhou com as sobrancelhas altas e um sorriso tímido. Falou como quem não se envergonha das palavras. Outras tantas vezes eu reparava que ele preferia acariciar meus cabelos com suas mãos lisas, em lugar de me dizer qualquer coisa. Eu gostava daquelas mãos. Ele acariciava meus cabelos, e eu as segurava; como se fosse lê-las, mexia em suas linhas. As pessoas diziam que éramos muito parecidos, mas eu só me dava conta ao sentir que conhecia suas mãos como meu próprio rosto. Nós dois tínhamos cabelos e olhos claros, pele branca, mas as mãos dele eram bem mais bonitas que as minhas.

É verdade que com elas nunca havia segurado livros, que só lera na escola ou para consultas específicas. Por isso custou a entender meu interesse pela literatura e aceitar que eu não seguisse as carreiras que acompanhavam a família — da parte dele o cartório, da parte da minha mãe, a fazenda. Os livros lhe eram estranhos, não desconhecia apenas seu conteúdo, mas também o contato físico com eles, o modo de manuseá-los, o cuidado ao repô-los na estante, a postura de leitor.

Naquela noite quase não dormi, apreensiva com a escolha dos cem melhores títulos para formar a biblioteca que ganhara de meu pai. Sonhei com a estante vazia, eu tentava preenchê-la e não conseguia, as obras que comprava não cabiam ali ou escorregavam atrás das prateleiras, o pinho continuava reluzente, nem sinal da poeira que viria com os livros, e meu pai me perguntava: "Onde estão os cem melhores, onde?".

No dia seguinte, depois da aula, fui procurar meu professor de literatura. Encontrei-o em sua sala e disse que precisava comprar uns livros. Ele me pediu que falasse um pouco mais do que eu queria ler, e, sem me dar conta, perguntei se existiam grandes romances sobre burocratas, sobre tabeliães, sobre homens que não cultivavam o hábito da leitura, sobre senhores grisalhos que já foram loiros, sobre viúvos, sobre homens taciturnos.

O professor sorriu, pensou uns minutos e declinou uma lista que tinha pouca relação com meus interesses.

Comecei assim minha biblioteca. Comprei os primeiros livros e, sob o olhar orgulhoso do meu pai, coloquei-os na estante.

Na semana seguinte pedi nova lista ao professor. Ampliando a variedade de temas, solicitei livros sobre a solidão, a morte precoce, amores duradouros, o destino, o esquecimento, ou romances cujos personagens principais usassem óculos, dormissem diante da televisão ligada, tivessem poucos filhos.

A cada pedido o professor sorria, pensava e se punha a listar.

Com o tempo fui percebendo que a ligação entre os enredos das obras que ele sugeria e meus pedidos era cada vez mais aleatória. Custava-me identificar o que tinham a ver com os assuntos por mim indicados o épico de uma viagem de volta à Grécia clássica, ou um romance sobre o assassinato de uma velhinha, ou um livro composto de supostas cartas de Marco Pólo para Gêngis Khan, ou as façanhas de um detetive misógino na Califórnia, ou contos sobre o mistério contido nas listras dos tigres, na ordem dos planetas...

De qualquer forma, sem discutir os livros recomendados, continuei consultando o professor.

Quanto mais específicos se tornavam meus temas — romances sobre homens que não comem legumes, sobre o medo do mar, sobre a insônia matinal, sobre aposentados, sobre o hábito de ir à missa aos domingos —, mais desconexas eram as sugestões: memórias de um defunto bem-humorado e cínico, a história de uma leitora compulsiva e adúltera, um romance sobre a impossibilidade da política no Terceiro Mundo.

Desisti de procurar qualquer elo entre a minha lista de assuntos e as indicações. Simplesmente comprava os livros e lia com avidez. Depois de um certo tempo completei a biblioteca. Passava horas olhando os volumes apertados uns contra os outros, como se sempre houvessem estado juntos. Pensei muito tempo em como organizá-los na estante, e resolvi que iria classificá-los cronologicamente. Era a solução mais simples. Relatos de literatura oral, literatura clássica, epopéias, tragédias gregas, diálogos, Renascimento, barroco, romantismo...

Confeccionei placas com essas categorias, e, quando não estava lendo, me dedicava a ordenar os livros, limpá-los, observar a combinação das cores, a harmonia que se originava da arrumação. Livros de tantos tamanhos, com encadernações diversas, como se formassem uma cordilheira. Aos poucos comecei a questionar o arranjo que escolhera, relia os livros e pensava que eles não se encaixavam na prateleira selecionada, ou mesmo que a classificação genérica pela qual optara era artificial. Concluí que minha biblioteca parecia trabalho de uma aluna de colegial, o que de fato eu deixara de ser havia pouco tempo.

Daí em diante, passei a estabelecer outros critérios. Até hoje dedico parte do tempo a isso. Crio categorias, e mudo os livros de lugar. Penso que cada um deles pode ser lembrado apenas por um detalhe. Modifico as placas e redistribuo os romances. Há pouco, por exemplo, tirei uma obra da prateleira *existencialismo* e a coloquei na categoria *sobre os raios do sol*. Poderia tê-la incluído entre aquelas *sobre o acaso*, ou mesmo entre as que foram lidas, pela primeira vez, *num dia chuvoso* ou *nas férias de verão*.

Assim, convivem na estante plaquetas das mais diversas naturezas: *literatura alemã, literatura russa, reflexões sobre a arte, amores platônicos, romances de formação*, ou *crimes na sacristia, perfeição estilística, autores prolixos, injustiçados pela crítica, a reler*. Já separei os livros por detalhes como a cor do vestido de um personagem, a tipologia escolhida pelo editor, o fato de ter inspirado uma ou outra obra, de ter feito o escritor infeliz, um de seus personagens ser um cachorro magro de nome Baleia ou uma baleia com nome de gente.

Não consegui comprar nenhum livro além dos primeiros cem, os cem melhores. Meu pai continua dividindo o escritório comigo. Quando estou lendo, sinto que me olha por cima dos óculos, mas finjo não perceber. Outro dia cheguei mais cedo em casa. Sem que ele notasse, pela fresta da porta do escritório, vi-o sentado em sua bergère, de olhos fechados, um de meus livros nas mãos, também fechado. Depois de um tempo ele o devolveu à estante, não permitindo que o atrito com a madeira ou com o volume vizinho fizesse ruído algum. No dia seguinte, a mesma coisa.

Assim meu pai foi lendo, à sua maneira, os livros que me deu. Leu vários mais de uma vez, já que mudaram constantemente de lugar.

E desde então, sempre que posso, tento voltar mais cedo para observá-lo pelo vão da porta. Quando meu pai retorna a seus documentos e anotações, entro no escritório, como se houvesse acabado de chegar da rua, espero alguns instantes e, discretamente, procuro o livro recolocado na prateleira. Enquanto ainda sinto o calor das suas mãos na encadernação, ouço a mesma voz dentro de mim: "Os cem melhores, entendeu?".

Vulcão

Caminho com o vulcão às minhas costas. Ao menos sei que ele está lá. Na minha cidade chove tanto que muitos turistas nem chegam a vê-lo. São capazes de vir para cá e ir embora duvidando que ele exista. Ando três quilômetros à beira do lago, sempre na mesma hora e direção. Cedo. A mala pesa bastante. Minha filha já disse que eu devia usar uma cesta mais leve, dessas de vime, vazada. Mas prefiro levar as roupas que lavei no dia anterior protegidas da chuva e do vento.

Toda manhã quando acordo, vejo se dá para enxergar o vulcão. É um costume, desde criança. De uns tempos para cá passei a rezar ao vê-lo. A prece do vulcão — acho que nunca nenhum padre inventou algo do gênero. Mas eu rezo por ele, é tão grande e bonito, sempre branco no cume. Se ele está escondido, rezo baixinho, só para mim.

Me arrumo para a caminhada, o mesmo conjunto azul-claro, saia e casaco de seda, as últimas peças que passo toda noite antes de dormir. Só tenho essa roupa para sair na rua, as outras esgarçaram ou desbotaram demais. A saia ainda mantém alguma cor, fica bem com a blusa rendada branca, abotoada até o pescoço. Minha filha diz que parece traje de festa, que não tem cabimento andar vestida assim todo dia.

O começo do caminho é mais difícil. E aí eu penso no vulcão. Que ele me abençoe também, que me dê força para continuar trabalhando, para chegar no último hotel do lago com as roupas dos hóspedes ainda bem lisas e quentes. É por isso que elas ficam guardadas na mala de couro, apertadas umas contra as outras desde a véspera, para manter o calor.

Na volta, com a mala vazia, apresso o passo e tento não olhar muito para o vulcão. Eu já o conheço tanto, olhar para ele de frente ou imaginá-lo às minhas costas, que diferença faz?

É verdade que nos dias de sol sinto um alívio, nem sei a quem devo agradecer. Talvez seja por isso que eu rezo por ele. O vulcão desvia a atenção dos turistas, daqueles que madrugam para correr, tomar ar em volta do lago, ou dos insones que passeiam com seus cachorros bem cedo de manhã. Com o céu claro todos olham para o alto, correm ou andam com a cabeça erguida e a atenção fixa no horizonte. Passam por mim sem aquele olhar piedoso, por causa da mala pesada que carrego, e, o mais importante, sem reparar nas duas manchas descoradas na minha blusa, que eu lavo, lavo, e não consigo tirar.

Palavras cruzadas

O chato é colocar a gravatinha do uniforme. O fio é delicado, vira e mexe está querendo rasgar. Não fosse isso, eu tomaria a condução mais cedo. Nem precisava correr para chegar no horário, ninguém me controla, mas eu sou cumpridora, trato é trato, tenho que abrir o quiosque antes do shopping começar a funcionar. Ainda bem que levo na bolsa espelhinho, blush, batom, sombra e pincel. Retoco lá mesmo, no quiosque de donuts que tomo conta: viro de costas, ou só abaixo a cabeça — pode aparecer algum freguês bem na hora —, e dou uma ajeitada no visual.

É verdade que os clientes nunca aparecem tão cedo, nem mais tarde, o shopping onde eu trabalho é vazio, parece a igreja do padre Sérgio: depois que abriu a igreja evangélica em frente, só ele, o coroinha, eu e minha mãe rezamos a missa de domingo. A tentação de ficar virando para trás e ver se entra mais alguém é enorme, não há cristão que agüente. No trabalho, nem para os lados eu viro mais. Atrair possíveis clientes que vão só passear no shopping? Olhar os outros quiosques vazios? Para quê?

Com a maquiagem arrumada, eu organizo os doces, enfileirando nas bandejas sabor por sabor. Ninguém mandou, mas eu coloco todos em ordem alfabética: banana, brigadeiro, chocolate, creme, doce de leite, goiaba, maçã, maracujá, morango... Os com licor e os de nome estrangeiro eu deixo no canto, não gosto de vender. Licor com creme estraga o doce, eu já quis avisar o dono, o gerente, o encarregado, mas não vejo nenhum deles, nem sei se existem. Conheço o entregador e olhe lá. Recebo os donuts de manhã, e de tarde posso pedir reposição, doces novinhos, com a cobertura ainda mole, mas só se vender algum antes do meio-dia. E isso nunca acontece. Não é culpa minha, eu sei. Eles até podiam me responsabilizar se só os doces de nome estrangeiro, que eu escondo, não vendessem. É que não sei falar direito o nome daquelas frutas esquisitas, além do mais todas têm o mesmo gosto estranho.

Quinta-feira, 7 de março — O homem que amava as mulheres

Nenhuma novidade pela manhã. Como sempre. Acordei com o barulho dos vizinhos. Tapei os ouvidos com o travesseiro. Não adiantou. Preciso comprar um travesseiro com proteção acústica contra vizinhos barulhentos. Tentei escrever o roteiro. Nem uma linha. De tarde fui ao cinema do shopping. Mais um Truffaut. Já escrevi mil vezes neste diário, escrevo de novo: que bom que você existiu, François Truffaut! Vou continuar vendo seus filmes a vida inteira. Vendo, e falando deles para os meus alunos. Eles não agüentam mais. "Truffaut foi o maior escritor francês das últimas décadas." É, escritor. Eu sempre digo isso para os alunos, e escrevo aqui: "Depois daquele enrustido do Camus, do hipócrita do Sartre, da chata da Simone de Beauvoir, e daquele veado, o Gide, o único escritor francês que apareceu, e presta, é o François Truffaut". O azar dos editores é que ele escrevia para o cinema, com uma câmera na mão.

Já vi o filme de hoje umas quatro vezes. Só a cena de abertura, do funeral do homem que amava as mulheres, vale o ingresso e a pipoca. Um Don Juan contemporâneo sendo enterrado, e a câmera mostrando só pernas femininas. O que ele via do caixão.

"As pernas das mulheres são compassos que fazem círculos no globo, dando a ele equilíbrio e harmonia."

A cena da puta que andava depressa para gerar dúvida se ela era puta ou não, e assim atrair os clientes, é genial! E a lanterninha de cinema que iluminava as próprias pernas? Gênio, coisa de gênio.

Paro por aqui. Senão em breve acabo descrevendo, mais uma vez, todas as cenas do filme.

E são tantos os filmes memoráveis. Quero rever todos. Quero possuí-los. Sinto-me como o homem que amava as mulheres. Ele buscava encontrar a felicidade na quantidade. "Por que temos que olhar para tantas pessoas em busca do que pensamos que pode ser encontrado numa só?"

É por isso que não consigo escrever meu roteiro. Porra, Truffaut!

Ando mais atrasada do que nunca. É a maldita gravatinha. Está começando a esgarçar, mas já dei um jeito. Na vida tudo é uma questão de jeito. Eu adoro ditados. Tinha uma época em que eu colecionava ditados e ficava esperando a ocasião certa para usar. Devo ter perdido alguns namorados por causa disso. Eu demorava para deixar que eles me beijassem. Não acho que pode ser assim, saiu uma vez e já vai beijando. Depois do primeiro beijo eu disse para um deles: "Água mole em pedra dura tanto bate até que fura". Ficamos naquele beijo, ele nunca mais me procurou.

Aqui no quiosque passo parte do tempo me lembrando de ditados, seguro morreu de velho, mais vale um pássaro na mão que dois voando, de grão em grão a galinha enche o papo, dize-me com quem andas que te direi quem és... Às vezes prefiro outros passatempos. Troco os doces de lugar para dar impressão de que a venda está forte, inverto a ordem alfabética, vou do morango para a banana. Crio outras ordens, começo pelos mais escuros, depois vou clareando, primeiro as frutas estrangeiras, são quase pretas, em seguida o chocolate, até chegar na rosca de maçã, a mais clarinha. Mais tarde fico olhando para uma revista de palavras cruzadas, é sempre a mesma, olho para as páginas cheias de quadrados, ou para aquelas com um monte de letras para a gente formar as palavras. Me dá uma paz. Nunca preencho, nem me preocupo em resolver as charadas. Eu gosto é de olhar os quadradinhos, as flechas, as letras embaralhadas. Parece que descanso dos doces, redondos, com buracos também redondos, não tem nenhum doce quadrado, vai ver que é por isso que não vendem. Quando olho para a revista, esqueço de tudo.

Bem, é verdade que nos últimos tempos o que tenho feito mesmo é pensar na igreja. No padre Sérgio. Deus me perdoe, mas que homem sem graça. Ele fala em nome de Cristo, tudo bem, mas o Senhor tinha que dar um gás para aquele infeliz. No tempo do padre Otávio as coisas eram diferentes. Ele fazia da missa uma grande cantoria. Tinha coro, e algumas rezas diferentes, diziam que ele colocava preces de outras religiões no meio da nossa cerimônia. "Escuta, ó Israel, o eterno é nosso Deus, o eterno é um." O coro cantava essa música antes do pai-nosso. Era lindo.

E tinha o Pinel, o maluco que ia em todas as missas do padre Otávio e cantava alto, enquanto abanava as mãos pelos corredores, como se fosse um regente, animando as pessoas a soltar a voz. Alguém não gostou dessa mistura. Das coisas que o padre Otávio enfiava na missa antes do cordeiro-de-deus. Pode ser que se irritaram porque ele falava contra as injustiças na Terra. Ele gostava dos pobres, dizia que eram os filhos preferidos do Pai Celestial. Ou será que ele saiu da nossa igreja porque era preto? Era tão bonito, a batina toda branca contra a pele escura. E aquele colarinho roxo com dourado...

Desde que o padre Otávio foi transferido, o Pinel também sumiu, assim como as moças do coro. Acabou a cantoria. Restou apenas a voz do padre Sérgio; só de lembrar, me canso do timbre, sempre igual. "Senhor, tende piedade de nós", ele fala isso sem sofrer. Tende piedade, de nós.

Toda vez que penso muito na igreja vazia, na voz do padre Sérgio, preciso voltar aos meus ditados. Nem tudo que reluz é ouro. Uma andorinha só não faz verão, hoje eu estava me lembrando desse ditado quando sem querer reparei naquele senhor sentado sozinho na lanchonete em frente ao meu quiosque. Não é a primeira vez que ele senta lá. E fica escrevendo. Será que não gosta de doces?

Jacqueline Bisset, A noite americana. *8 de março*

Como ela está linda. O Truffaut, além de grande cineasta, escolhia bem as mulheres. Ele deve ter comido a Jacqueline Bisset... Se comeu, eu me mato. O sacana dirige A noite americana *e ainda come a Jacqueline Bisset? Ela tem um olhar meigo, melancólico, o filme todo fiquei vidrado naquele olhar. Faz o papel de uma atriz que passou por uma depressão. Como pode, a Jacqueline Bisset deprimida? Quando ela aparece pela primeira vez de terno claro, xadrez, macho que é macho perde a respiração. Lembrei de outras mulheres no cinema que me fizeram ficar assim. Jane Fonda com a roupa de couro em* Klute, *Claudia Cardinale em* Rocco e seus irmãos, *de coque, saia justa, uma deusa juvenil, Catherine Deneuve arrumando o cabelo no bordel em* A bela da tarde, *Ursula Andress de biquíni em* 007 contra o satânico dr. No, *Grace Kelly assustada, com o telefone na mão, em* Disque M para matar.

Em A noite americana, *Truffaut, ele mesmo, faz o papel do diretor de um filme banal. É uma oportunidade para espalhar metáforas sobre o cinema, quase sem que o espectador perceba. A começar pelo título,* A noite americana, *nome que se dá para o efeito cinematográfico que transforma filmagens feitas de dia em cenas noturnas. "Trocar o dia pela noite = cinema." Vou enfiar esse axioma na cabeça dos meus alunos na aula de hoje.*

Ou melhor, vou escrever na lousa, sentar na mesa, ouvir o que eles têm a dizer sobre isso, e esperar a aula acabar.

A maior parte do filme se passa nos corredores do hotel onde os atores estão hospedados, como se o caminho entre a vida pessoal deles e o set de filmagem fosse o objeto do filme, a matéria-prima do próprio cinema. A melhor metáfora é a do ator abandonado pela mulher — ela foge com o dublê.

Eu devia estar rabiscando o meu roteiro. Mas, depois de ver esse filme, não foi possível. Mais uma vez. Vou pedir outro chope. Acho que sou o único que toma chope neste lugar. Nunca vi ninguém sentado aqui. Não tem vivalma neste shopping. Só eu venho, por causa do cinema que passa os filmes do Truffaut. O quiosque de doces com aquele nome estranho também está sempre às moscas. Eles vendem sonhos, um doce com um nome tão bonito, e não aproveitam? Será que as pessoas preferem doces com nome em inglês a um bom "sonho"?

E aquela vendedora, de gravata de caubói, olhando para a revista de palavras cruzadas? Ela não mexe a cabeça, não parece preencher quadrinho algum, e além de tudo, coitada, nunca deve ter visto um filme do Truffaut.

A gravata rasgou. Caramba, eu queria falar um grande palavrão, mas meu pai ensinou que mulher não fala palavrão. Pelo menos eu fui rápida, já estava precavida, tinha comprado uma corda marrom e um distintivo de metal para parecer que é coisa de americano. Só por hoje acho que dá, ninguém vai perceber. Depois eu costuro, ou peço para o entregador de donuts pedir uma nova para o encarregado. Ele deve conhecer um encarregado, em algum lugar tem que ter um superior, todas as empresas estrangeiras têm um monte de superiores, e aposto que isso já aconteceu com outra vendedora, aposto.

Passei a tarde pensando no que fiz hoje de manhã, antes de vir trabalhar. Um pecado. Deixei minha mãe em casa depois da missa, disse que tinha de resolver umas coisas, e fui espiar a igreja evangélica. Gente, quase não acreditei: era uma gritaria, um sacolejo incrível. Ouvi o padre, que não usava batina, dizer: "Sai, Satanás, sai". E a mulher na frente dele se retorcia toda, lutava, e ele falava: "Sai, bicho ruim, sai". Depois de um tempo a mulher se acalmou, disse que estava se sentindo melhor, o padre explicou que era porque o Demônio tinha saído de dentro dela. Ela agradeceu, muito, e no final deu o relógio para o padre. Não entendi nada, mas vi que ela estava com uns quilos a menos quando foi embora, de tanto que suou.

E não é que hoje de tarde vendi um monte de doces? Será que foi a gravata que eu inventei? Este distintivo de metal deve chamar atenção. É verdade que um só cliente comprou todos os doces, aquele homem que fica tomando chope e anotando sei lá o quê num caderno, toda tarde. Sujeito esquisito. Veio aqui, pediu um de cada sabor e fez um milhão de perguntas. Se eu gostava dos sonhos. Não entendi. Aí ele me explicou que o nome certo desses doces era sonho. Queria saber de onde eu era, se vinha de ônibus, se gostava do uniforme que usava, por que hoje, domingo, tinha trocado de gravata. Eu quis responder com um ditado, quem não tem cão caça com gato, mas me segurei. Falei mal da confecção da gravata. Espero que ele não seja um supervisor disfarçado. Depois ele foi embora

42

com os doces, embora não, foi sentar na lanchonete em frente, está comendo com uma mão, escrevendo com a outra, e não pára de olhar para mim.

Catherine Deneuve ou Fanny Ardant? 10 de março

Ontem acordei deprimido, e com o barulho infernal dos vizinhos. Já pensei em fazer meu filme sobre isso. O barulho dos vizinhos. Que ódio. Pulei esse dia do diário para não deixar registro histórico da minha mediocridade. A aula sobre A noite americana, *sexta-feira, definitivamente não agradou. Primeiro tentei só escrever na lousa aquela frase e aguardar. Passou um tempo, e os alunos começaram a sair da sala, eu na verdade pensei que eles iam se sentir provocados, debater, perguntar, esbravejar. Não deu certo. Eu os chamei de volta, fui atrás:"Espera aí, vai ter aula sim". Alguns voltaram, mas depois se entediaram mais ainda, dava para ver pelas caras, pelos bocejos, acho que preciso falar de filmes de outros diretores, pelo menos de vez em quando. Outro dia, quando cheguei, estava escrito na lousa: FORA TRUFFAUT! E mais embaixo: TRUFFAUT EM FUGA!*

Fui ao cinema ontem e hoje. A sereia do Mississippi *e* A mulher do lado. *Dois filmes sobre o amor fatal. Também, com a Catherine Deneuve e a Fanny Ardant, o que se pode esperar do amor? Que seja assim, papai-e-mamãe, só cenas de felicidade conjugal no café-da-manhã?*

No primeiro, Deneuve faz o papel de uma prostituta impostora. Ela assume o lugar da mulher escolhida para se casar com um milionário de uma ilha distante, através de uma troca de anúncios. Casamento por correspondência. O milionário é o Bel-

mondo, coitado, que perde todo o dinheiro, mais tarde é quase envenenado, acaba matando um sujeito, tudo pela Catherine Deneuve. Ela o sacaneia de todas as formas, mas eles se amam até, provavelmente, morrer. O amor é uma impostura da qual não conseguimos nos livrar. É um mito fundador, falso. Como o mito da criação da ilha de Reunião — é esse o nome da ilha onde mora o Belmondo —, que teria sido fundada por mil homens aventureiros e cinco mulheres órfãs. No final as órfãs não eram órfãs porcaria nenhuma. Eram putas.

Há pouco assisti pela enésima vez A mulher do lado. *Estou impactado. Além de tudo, acho que tive uma idéia para o meu roteiro. Obrigado, Truffaut! Saí do filme e vim para a minha mesa na lanchonete do shopping. Com a Fanny Ardant na cabeça. Ela chegando na vila para, sem querer, se reencontrar com um antigo amor, agora seu vizinho. O Depardieu, aquele panaca! Os dois casados. A mulher dele e o marido dela, uns anjinhos, coitados. A partir daí eles se encontram socialmente, como bons vizinhos, trocam convites para jantar, se vêem das janelas, até que a porta se abre para o amor, aquele amor que não tem jeito, vai dar em merda, é só questão de tempo. É mais forte que os dois. A sacada genial é o filme ser narrado por uma aleijada, uma mulher que tentou se suicidar e não conseguiu. Escapou por acaso da fatalidade amorosa. Enquanto eu pensava nos dois filmes — na aula de sexta-feira que vem vai ser Truffaut de novo, os alunos que se danem —, reparei mais uma vez na moça dos sonhos. Pensando bem, o rosto dela é diferente, tem uma meiguice qualquer por trás daquela maquiagem toda.*

Fui conversar com ela, comprei umas rosquinhas para experimentar e tive algumas idéias. Talvez eu possa fazer um remake de um desses filmes que acabo de ver. Poderia se chamar "A se-

reia do shopping center", *com a menina dos sonhos de prostituta, fazendo ponto na frente do cinema, e eu de milionário, um Belmondo cinéfilo.*

Não, ficaria mais fácil e mais condizente com o tipo dela refilmar A mulher do lado. "O sonho mora ao lado". *Uma dupla citação. Como o Truffaut gostava.*

Ainda não tenho certeza de como eu recontaria a tragédia final. Mas a primeira cena do filme eu consigo visualizar. Será um take dela em casa, ajeitando a gravata, a gravata querendo esgarçar, a câmera mostra, em close, aquele olhar meigo diante da adversidade.

Resolvi mudar para a Igreja Evangélica. Agora preciso pensar como vou convencer minha mãe a me acompanhar. Ela vai ter que entender. Só que, quando eu for, eu não vou de relógio. E não é que depois que decidi mudar de Igreja minha sorte no quiosque de donuts melhorou de vez? A freguesia não aumentou, mas a venda sim. Aquele mesmo sujeito agora deu para vir todo dia comprar meus doces. Está mais gordinho, mas eu não falei nada, para não desestimular. E ele conversa comigo, na verdade me enche de perguntas. Quis logo saber se gosto de cinema, e desandou a listar uns nomes estrangeiros mais complicados que os dos sonhos — ele insiste em chamar assim, já estou até acostumando. O cara é esquisito mesmo. Outro dia ficou me observando de longe, com um polegar encostado no outro e os dedos indicadores para cima. Inclinando a cabeça e as mãos de um lado para o outro. Eu me assustei. Aqueles gestos pareciam coisa do diabo, mas depois ele me contou que estava me enquadrando, como se fosse fazer um filme. Ontem me deu uma gravata nova, borboleta, disse que era para as minhas folgas, que eu ficava bem de gravata, e me convidou para sair. Quer me trazer no cinema daqui do shopping, tem cabimento? Eu tentei evitar, disse que quase nunca vou no cinema, que só gosto de histórias românticas, e ele respondeu que todos os filmes, no fundo, são filmes de amor. Ele diz cada coisa sem sentido, mas eu não discuto. Teria preferido ir ao parque do Ibirapuera, mas ele insistiu, quer me apresentar àquele sujeito de nome estranho; fala dele o tempo todo. Eu aceitei, pensei que tem males que vêm para o bem, que quem tudo quer tudo perde. Vou usar a gravata vermelha que ele me deu. Espero que o tal do Truffaut goste.

Empreendimento de alto padrão

Cinco suítes, quadra de tênis, piscina, *fitness center* com sauna, seis garagens por unidade, financiamento em quinze anos sem juros. No coração da cidade, a vinte minutos do aeroporto de Cumbica, em frente ao Shopping Center Norte. Arquitetura moderna, paisagismo premiado. Visitas no local.

Eu adorava ler os folhetos que distribuía nas esquinas. Mais que isso, eu até colecionava. Levava para casa pelo menos um de cada. Toda noite ficava olhando para eles. As figuras desenhadas, o pai de família com cara de esportista, a mulher sempre alta, os dois à noite abraçados lendo um livro para os filhos. A planta eu não entendia, tudo parecia tão apertado, aqueles quadradinhos, um encostado no outro, mas os prédios eram sempre compridos, roçando o céu.

Nos folhetos nunca chove, há sempre muita área verde, árvores na entrada, na portaria — até na sala dos corretores, que costuma aparecer no canto, em cima dos dizeres: "Um de nossos consultores aguarda a sua visita", até lá tem uma arvorezinha num vaso qualquer. Eu pensava: "Isso que é classe!". Aqueles edifícios claros, com sacadas, as paredes brancas, com samambaias. Nas casas que freqüento tudo é colorido e sem samambaia. Já pensou morar lá no alto, acordar e ver as nuvens de perto? Ouvir o barulho dos aviões, pensar nos passageiros e dizer: "Boa viagem, vai com Deus"?

Eu morro de medo de avião, mas sou curiosa. Viver num prédio desses deve ser parecido com voar.

Eu não pensava nisso quando distribuía os folhetos. Precisava conquistar os motoristas com minha simpatia, fazê-los entender que eu tinha algo bom para oferecer. Um empreendimento de alto padrão. Não era só um pedaço de papel que eu queria jogar dentro do carro deles. Afinal, quem não gostaria de morar num prédio assim, usar calção branco e blusa bege para jogar tênis de manhã, tomar banho de piscina à tarde, um bilhar à noite no salão de jogos?

Por isso, no começo me davam roupas especiais. Porque os empreendimentos eram de alto padrão. Justificavam uma calça de lycra no verão, com camiseta listrada e paletó vermelho para combinar. Depois foram esculachando. O número de entregadoras nos faróis aumentou. O tal alto padrão virou duvidoso. Um edifício de luxo, com acabamento de primeira, e a entregadora do folheto vestindo uma camiseta qualquer? Com traje tão simples, nem suar elas suam mais. Não sorriem, não tentam estabelecer nenhum tipo de contato com o motorista. É verdade que, se isso já era difícil, ficou ainda mais. É só cara feia que a gente vê, mesmo falando: "Bom dia, com licença, tudo bem com o senhor?".

Quando comecei a trabalhar como promotora de vendas, pensei que até poderia fazer alguma amizade. Alguém que, ao repetir o caminho, reconhecesse meu sorriso. Mas não, isso nunca ocorreu. Talvez porque eu mudava sempre de uniforme, ou porque os folhetos eram todos parecidos. Folheto igual, roupa diferente, quem ia prestar atenção justo no meu sorriso?

Já levei cada carão. Outro dia até revólver me mostraram, quando eu bati na janela de um desses carros importados. Os vidros foram ficando escuros, você nem enxerga quem está lá dentro. Em alguns casos é até melhor. Quantas vezes eu não tive que virar o rosto na hora de entregar o folheto, para não ver o que não queria? Perdi a conta.

Com o tempo fui deixando a vergonha de lado, me acostumando com a indiferença e a hostilidade. Mas cada vez menos as pessoas aceitavam abrir a janela do carro. Mesmo eu sorrindo: "Por gentileza, fazendo o favor, é um empreendimento de alto padrão". Os motoristas passaram a recusar só com a cabeça, estampar a mão no vidro para que eu me afastasse, ou simplesmente continuar a conversa no celular. Não adiantava olhar com jeito de quem diz: "Abre a janela, moço, pode continuar falando, eu não vou atrapalhar, é só um folheto".

No passado até levei algumas cantadas, principalmente quando as roupas eram mais caprichadas e justas. Os homens abaixavam o vidro com um sorriso. Pensando que estavam interessados no imóvel, eu começava a falar: "Olha que beleza, quatro suítes...". Mas eles nem ouviam e já iam perguntando meu nome, ou então se eu não queria dar uma voltinha. Nunca me convidaram para visitar nenhum apartamento.

Acho que essa seria minha maior alegria. Levar um cliente para conhecer o local e falar com os corretores. Depois disso eu poderia dizer que era uma verdadeira promotora de vendas, talvez até pedir um cargo melhor. Virar corretora, ou recepcionista, sair das esquinas.

Hoje não distribuo mais folhetos. Ainda olho os que guardei e sonho com o dia em que vou morar num prédio daqueles. Com lareira no inverno e ar-condicionado no verão. Playground, porteiro eletrônico, vista privilegiada, de preferência próximo a um shopping. E samambaias, dentro e fora do apartamento, muitas.

Outro dia achei que minha vez tinha chegado. Eu estava numa avenida, balançando as bandeiras na frente de uma concessionária de carros importados — é o que faço agora, balançar bandeiras com as marcas dos automóveis nas avenidas —, quando parou um sujeito num carrão. Desceu, ficou um tempão encostado no carro me olhando, fumou vários cigarros. Depois me convidou para um passeio. Eu fui. Quase pedi para ele ir comigo visitar um daqueles prédios dos folhetos, mas não tive coragem.

Fiquei com um pouco de medo no início, mas a cara dele era boa, a voz doce, frágil até. Ele me levou para dar uma volta pela Cidade Universitária, eu nunca tinha ouvido falar daquele lugar. Me mostrou o Jockey Club, onde ficam os cavalos de corrida. Era tudo tão perto de onde eu balançava as bandeiras, e eu jamais tinha passado por lá.

Ele falava pouco: "Esse é o Jockey, ali é a faculdade de arquitetura, mais para a frente fica a faculdade de economia, na saída tem um lugar onde as pessoas fazem competições de remo". E eu nem sabia que tinha gente que praticava aquele esporte por ali.

Depois ele me deixou em casa. Eu não queria, tenho vergonha de onde moro, mas ele fez questão. Eu não ofereci um cafezinho, não pedi para ele subir, mas ele também não mostrou interesse.

A partir daquele dia, o homem veio me buscar outras vezes, fumou seus cigarrinhos na calçada, apontou o carro para que eu entrasse, me levou para conhecer parques, o Ibirapuera, o da Aclimação, da Luz, do Morumbi.

Nunca quis saber meu nome. Eu perguntei o dele uma vez, e ele fez um sinal com o rosto como que dizendo: "Não importa". Entendi que ele não queria falar, não perguntei mais. Tentei saber por que me buscava, e ele também não respondeu. Disse: "Aqui é o Instituto Butantan, quer entrar?".

Outro dia tive a impressão de que ele ia me contar algo, mas sua voz falhou. Já me sinto mais à vontade no carro dele, vou entrando direto, nem pergunto, mas também não falo nada, é assim que ele quer. Naquela ocasião ele virou para mim com a cara mais triste que de costume, fiquei até sem jeito. Me mostrou mais um parque, o Trianon, na avenida Paulista, em frente a um museu, e me levou para casa mais rápido que das outras vezes.

De resto minha vida não mudou. Seguro as bandeiras das concessionárias e, perto das eleições, também fico nas ruas, só que com flâmulas que trazem nomes de políticos em lugar de marca de carros. Até acho divertido. É quase uma guerra com os colegas que fazem o mesmo para outros candidatos. Ganha quem tem o vento a favor, quem veste as camisetas mais coloridas. O político que gasta mais, que não economiza pano na hora da confecção — pode ter certeza que é nele que eu vou votar.

O homem estranho ainda aparece de vez em quando. Aponta para dentro do carro, me leva para conhecer algum parque, cemitério ou monumento. No meu bairro todo mundo pensa que me arranjei direitinho, mas não é bem assim. Eu chego em frente de casa, desço do carro com a expressão satisfeita, acho graça dos olhares invejosos dos vizinhos, tomo um banho e pego um folheto da minha coleção. Descrevo o imóvel na frente do espelho como se estivesse falando para o meu amigo, vendendo um apartamento: "Olha que beleza, três quartos, duas suítes, cozinha toda aparelhada, segurança total, área silenciosa e arborizada, um empreendimento de alto padrão". Ele responde: "Está bem, negócio fechado". Prepara o cheque da primeira prestação e diz: "Muito prazer, Ronaldo. Sua graça mesmo é...?".

Almas gêmeas

Em Cozumel

Como nunca sei quem serão os próximos hóspedes, no primeiro dia não faço nada de especial nos quartos. Deixo a cama lisa, o lençol bem preso, os sabonetes onde devem estar e o cartão de boas-vindas do gerente — às vezes com um cesto cheio de frutas, outras com meia garrafa de champanhe e um cacho de uvas. O primeiro brinde para os hóspedes é escolha do *concierge*. Depois fica por minha conta.

É fácil saber quem está no quarto. Se são marido e mulher ou estão namorando há pouco. Pelo estado dos lençóis. Pelo que o casal traz nos nécessaires. Se eles já dividem a escova de dentes e o desodorante. Pela hora que saem do quarto, quando saem. Acontece muito de eu nem ver seus rostos. É triste, mas faz parte da minha profissão. No treinamento eu ouvi milhares de vezes: "Respeitar a privacidade dos hóspedes", como se isso fosse mais importante que deixar o quarto limpo, o banheiro cheiroso e a cama arrumada. E eu respeito. Quem disse que não? Só dou um pouco a mais do que o hotel oferece. Uma alegria antes do sono, ou do amor. Afinal, é aqui que os casais se amam de verdade. Os lençóis revirados quase todas as noites, marcas de duas cabeças num travesseiro só, em quantas camas se vê isso fora dos hotéis?

O meu papel? Só um incentivo. Um toque romântico quando o casal é jovem ou quando acho que o sexo vem antes do amor. Nesses casos espalho pétalas de rosa pela colcha e deixo um coração esculpido na toalha de banho no centro da cama.

Quando o par é mais velho e ainda usa aliança, mesmo depois de tantos anos, prefiro esculpir cisnes, de pescoços longos. E mantenho os caules das rosas. Nessa idade homens e mulheres podem precisar de uma força da natureza. Às vezes dobro a dose do chocolate noturno sem a camareira-chefe perceber.

Se tive reação ao meu trabalho artístico? Pouca ou nula. As gorjetas pelo menos continuam iguais. Talvez os casais já entrem no quarto à noite um pouco ébrios, ou então se jogam direto na cama, em cima das minhas esculturas frágeis; não faz mal. Daqui para a frente vou me comunicar mais com os hóspedes, deixar a privacidade de lado, escrever poemas de amor, perfumar os travesseiros, perguntar se desejam uma escultura diferente, com algum símbolo familiar, uma casa, um altar ou uma boneca, por exemplo.

De qualquer maneira, comecei a deixar mensagens ao

lado das toalhas brancas esculpidas. Será que vão reclamar? O mais provável é que ninguém note, mas eu capricho na letra, e com tinta vermelha escrevo no papel pautado *"Lindos sueños"*. E assino: Concepción.

Em São Paulo

Desde aquele dia fiquei conhecido como Canova. Foi o dono do restaurante que me chamou assim pela primeira vez, entrou no local antes da hora do almoço, deu uma gargalhada, bateu nas minhas costas e disse, com seu sotaque de quem chegara havia pouco no Brasil: "Olha aí, o moço é o Canova do Brás". A partir de então passei a ser chamado apenas por esse nome — de um escultor italiano, me contou, depois de muito tempo, o patrão. Eu não ligo, é melhor ser chamado de Canova do que só de "garçom". Ou de nome nenhum.

Quando comecei na profissão, ainda tinha algum idealismo. Pensava que ia repartir o pão. Como na Bíblia. Por isso, na hora do couvert, me compenetrava, trazia a cesta com os pães cortados em rodelas, e a manteiga redondinha no pires à parte, como se eu fosse um padre entregando a hóstia. Agora, não sinto mais nada ao servir as pessoas. E comer perdeu a graça, quase não como. Quando se trabalha de garçom, a comida vira supérflua, perde o valor ritual. Nunca vi ninguém rezar em mesa de restaurante, antes da refeição. Os dedos entrelaçados, os olhos cerrados, a cabeça voltada para o prato e depois para o céu, nunca vi.

Hoje os sabores se misturam num só. Tudo tem gosto

de bife. Os fregueses me pedem macarrão com almôndegas, e é como se eu estivesse trazendo um bife no prato.

E, afinal, repartir o pão não vale mais nada. Nem peço mais para cortar a baguete que vem da padaria, como fazia no início. Deixo isso para meus colegas. Mas chego cedo, sou eu que abro o estabelecimento. Visto o paletó, cada dia menos branco, e ponho a casa em ordem, uniformizado. Arrumo as mesas e dobro os guardanapos. Cada um de um jeito diferente. Faço esculturas. Um colega imbecil chama de estátuas. "Olha as estátuas do Canova", ele diz, todo dia, e eu deixo estar. Estátua!

Comecei imitando com o pano o corpo das mulheres, as suas curvas. Depois passei a vesti-las com mantos, os guardanapos se prestam bem a isso, formam frisos sutis, parecem tecidos delicados cobrindo minhas mulheres brancas. Tentei fazer homens musculosos, deuses, heróis, mas não pegou bem. Parei. De uns tempos para cá construo castelos, pontes, viadutos e aviões. O dono do local gostou. A freguesia também. Eu monto tudo, deixo a casa pronta para o almoço e fico num canto do salão, esperando o patrão chegar. Reparo em sua expressão, enquanto ele circula entre as mesas e analisa cada uma das minhas obras. Mesmo que ele não diga nada, vejo o sorriso em seus olhos, o restaurante parecido com um museu, um jardim de esculturas, o pano substituindo o mármore, e aguardo quieto que ele me chame, com seu sotaque acentuado, pelo nome com que me batizou, Canova.

A quinta parede

Desde que cheguei à cidade, moro no mesmo apartamento. De fundos. Foi só o que pedi ao primeiro corretor com quem falei: "Quero um apartamento de fundos". Ele tentou declinar as qualidades do imóvel, sala espaçosa, quarto ensolarado, cozinha arejada, garagem confortável, amplo hall, área de serviço bem planejada. Tudo mentira, mas não me importei. Perguntei mais uma vez se era de fundos, pedi o endereço, o número da conta para pagar um mês adiantado, e não me preocupei mais com o assunto.

Do apartamento vejo um pátio onde há um estacionamento ocupado por carros de moradores do prédio, ou de diaristas, mensalistas, entregadores, e por algumas máquinas do edifício. Lá estão as vísceras do prédio, os encanamentos que se comunicam com o aquecedor central, e uma fumaça constante que não sei de onde vem.

Acompanho a movimentação dos funcionários, condôminos, visitantes e serviçais. Faço isso sem ser visto, tomando cuidado para não me deter em ninguém em particular, o que poderia me levar a criar algum tipo de laço com estranhos.

Observo tudo sem grande interesse, nas horas vagas, entre um livro e outro, ou no intervalo dos filmes que coleciono e que ficam armazenados por toda parte, os dramas na cozinha, as aventuras no quarto e as comédias no banheiro, às quais assisto para me esquecer das obrigações fisiológicas cotidianas das quais não posso escapar. No banheiro, apanho um vídeo, olho a embalagem, leio os créditos, tento relembrar o enredo completo, os trajes e até as expressões dos grandes artistas em cenas banais. Espero de olhos fechados, e só com o corpo aliviado, o filme repassado na memória e o ar impregnado de spray, esqueço que vivi mais uma vez aquela experiência humilhante; se pudesse, não comia para não ter que defecar.

Não sei por que gosto de cinema, uma arte tão indiscreta e bisbilhoteira. Os cineastas vivem de revelar segredos, querem investigar a alma humana, sentem prazer ao expor nossas fraquezas. Mesmo assim, me pego vendo e revendo o filme daquele fotógrafo de perna quebrada que, preso num apartamento de fundos como o meu, fica perscrutando, com lentes enormes, tudo o que se passa detrás das janelas do bloco da frente. Ele observa minuciosamente os vizinhos e desvenda um crime. Ah, isso eu nunca faria, delitos de terceiros não são da minha conta. Não me interessa o que acontece nos apartamentos de outros prédios, no quarto, na cozinha ou na sala de estar, como em outro filme da minha predileção. Neste, um homem é morto por dois amigos, logo nas primeiras cenas, e seu cadáver escondido num baú em torno do qual gira toda a filmagem. Está tudo lá, na sala de um apartamento onde os criminosos oferecem uma festa para celebrar a realização do que seria um crime perfeito. Um filme inteiro entre quatro paredes. Só por um breve momento, no final, é que se ouve o barulho e se vêem as luzes da cidade, anunciando que a história acabou. Os bons enredos, assim como as coisas importantes da vida, se passam sempre em ambientes fechados. Só se fala de "ar livre", "ar puro", mas, quanto mais enclausurado, mais franco é o ser humano. Tenho certeza: o que as pessoas procuram no tal "ar livre" é uma quinta parede, nada mais.

Embora goste muito de cinema, acho que todos os filmes do mundo podem se resumir a esses dois. Sem exceção, falam sempre de crimes falsamente perfeitos, filmados de dentro para fora ou de fora para dentro dos apartamentos, com os cineastas se exibindo ao desvendá-los, e com isso buscando aparecer mais que os atores.

De fato prefiro os livros, mas não consigo viver só com eles. Eles me confortam porque me identifico com os personagens. São todos como eu, homens tímidos e ponto final. Leio os romances e não consigo deixar de pensar nisso. Com certo alívio. Afinal, Marcel, Gregor Samsa, Meursault, Hans Castorp, Raskolnikov, Policarpo Quaresma e o Visconde de Sabugosa só ficaram conhecidos graças à sua solidão. Precisaram da voz alheia para ganhar vida própria. Se não fossem os escritores para contar suas histórias, seriam como eu. Poderiam até ser chamados de enrustidos, complexados e efeminados pelas moças do bairro.

Quando não estou lendo um livro ou vendo um filme, tento evitar todo contato no prédio. Já me bastam as pessoas que vejo no estacionamento. Procuro me deter nos diaristas. Os mensalistas, assim como os vizinhos, eu não quero conhecer. São mais perigosos. Estarão por aqui hoje, amanhã, depois de amanhã. Podem sempre precisar de um favor. Se eu tivesse carro, iam querer uma carona ou, quem sabe, pediriam o macaco emprestado para trocar um pneu. Se vissem onde moro, poderiam vir pedir um pouco de açúcar, chá, café, arroz.

Assim, olho pouco para eles, do meu terraço ou nos corredores do prédio. Tenho uma técnica especial para os elevadores, onde tento estar sempre sozinho. O elevador é um banheiro sem latrina, que sobe e desce. Lá estamos entregues à nossa intimidade, sujeitos a pensamentos metafísicos propiciados pela exiguidade do ar, pela sensação de transitoriedade que experimentamos ao apertar os botões dos andares. Dividir um espaço tão pequeno e importante com outro ser humano é insuportável. Só de pensar nisso minha coluna arqueia, como a de um gato ao ver o cachorro do vizinho, o inimigo cotidiano de cujo convívio ele não pode escapar. Dou sempre mais de uma volta no quarteirão antes de entrar no edifício, para me certificar de que não há algum vizinho se aproximando. Abro a porta do elevador no mais curto espaço de tempo possível, sem olhar para os lados, evitando dar chance ao azar.

A solidão completa nos elevadores me alivia tanto que por vezes quase esqueço que já estou no andar certo e só me resta caminhar até o apartamento, chave empunhada como uma arma, evitando cruzar com os vizinhos, ou com faxineiros, domésticas e entregadores de pizza. Até hoje, quase sempre fui bem-sucedido e pude desfrutar sozinho das paredes apertadas do elevador. Mas não posso dizer que isso tenha me tranqüilizado por completo. Toda vez que devo sair, sou tomado por fantasias assustadoras. Imagino-me entrando no elevador após um exame cauteloso para me assegurar da inexistência de alguém por perto, quando uma ponta de sapato feminino segura a porta por um triz e ouço uma voz dizendo: "Moço, me ajuda, fazendo o favor". Atrás do sapato e da voz viria um monte de sacos de supermercado e uma mulher, cujo rosto eu procuraria evitar depois de aliviá-la do peso das compras e ouvir seus agradecimentos: "Obrigada, moço, muito gentil". No seu andar, não teria outro jeito a não ser levá-la até a porta do apartamento e ajudá-la a descarregar as compras com cuidado para que não caíssem. No momento da despedida poderia ser difícil não reparar em seus traços, num possível sorriso, na mão estendida em minha direção. Suponho que a partir daí não conseguiria esquecer a moça do elevador, seria árduo me concentrar em meus filmes e livros, nos diaristas do estacionamento dos fundos do prédio onde vivo em paz desde o dia em que cheguei. Começaria então a ter de acompanhar seus passos, controlar seus horários, estudar sua rotina, não encontrando prazer senão quando a visse andar pelos corredores, virar a chave, bater a porta. Depois, nem mesmo esse contato distante poderia me satisfazer, e eu teria que pensar em como abordá-la, sem me aproximar muito, sem tocá-la nem falar com ela, o que seria intolerável. Pensaria em lhe mandar presentes, perfumes — não, sabonetes seria melhor. Assim poderia segui-la à distância mas sentindo seu cheiro, imaginando-a ensaboando o calcanhar, joelho, axilas. Compraria dúzias de sabonetes de frutas, esperaria que ela saísse para passear e seguiria seu aroma pelos corredores do prédio, nas ruas jamais. Abacaxi, morango, damasco, tangerina, caju...

Um dia, quem sabe, outro encontro se daria no elevador. Dessa vez eu a cumprimentaria, respirando fundo mas procurando não chamar atenção. Ela estranharia meus modos bizarros, ainda mais quando, ao segurar com firmeza sua mão, ao estilo dos antigos cavalheiros, eu me abaixasse para sentir mais de perto o odor de sua pele. Ela, ouvindo o elevador se aproximar de seu andar, tentaria se desvencilhar dizendo: "Licença, moço, fazendo o favor". No final eu teria de largá-la, pensando, sem conseguir evitar um suspiro, em tantos outros sabonetes de frutas que poderia lhe enviar, abacate, pêra, mangaba, carambola, maracujá...

O lado esquerdo da cama

Tenho ficado parte do meu tempo nesta posição. Sentado na beira da cama. No meio do caminho, entre o sono e a realidade. Quando vou deitar, eu paro, as costas pesando sobre os cotovelos encravados nas coxas. O antipensador de um escultor medíocre. Nada na cabeça, só lembranças embrulhadas, datas perdidas, a cronologia sem valor algum. Ao acordar, fico um longo período sentado nessa posição, sem coragem de abandonar o lugar do sono, com receio de escapar do que me esqueço ao dormir.

Há tempos que durmo sozinho. No lado esquerdo da cama. O lado direito eu deixo arrumado, a coberta esticada, o lençol sem vincos. Travesseiro não ponho mais. No começo eu punha, e gostava de esbarrar nele, pedir desculpas como se lá houvesse alguém, roubá-lo em plena madrugada esperando uma reclamação. Agora prefiro não fingir, travesseiro só o meu, a cama amassada só do lado esquerdo.

Sentado, me recordo delas. Mas já não procuro entender por que todas me deixaram. Antes eu pensava: a Maria me deixou por causa do hálito; a Clara foi embora porque eu roncava; Gilda achava que eu não gostava de trepar. Também me sinto abandonado pela Carolina, aquela aluna alta, de cabelos castanhos, a quem nunca tive coragem de me declarar. Durante as aulas ela sorria para mim com os olhos, cada dia com uma tiara de cor diferente. Eu fazia gracinhas com o seu repertório de tiaras e sorria em sua direção. Todos os poemas estudados em aula eram lidos como se tivessem sido escritos para ela, mas eu nunca lhe disse nada, e um dia o semestre acabou, e ela levou suas tiaras para outro curso, semântica, nouveau roman, literatura barroca, algo mais interessante do que as aulas de literatura brasileira daquele professor timidamente sorridente, que engolia os versos ao recitá-los, sempre pensando no sorriso da aluna... "a parte que me cabe deste latifúndio, a parte que me cabe deste latifúndio". Pois ela me deixou, assim como a Sílvia, aquela que queria trepar só no motel. Eu não conseguia, me sentia traindo alguém, sem que ninguém além dela freqüentasse minha cama na época, a Sílvia dos motéis, como passei a chamá-la depois que ela se foi. Sentado na beira da cama, eu não faço mais que lembrar de todas, uma cadeia de desamores, como se o poema saísse ao contrário, Carolina que não amava Pedro que não amava Gilda que não amava Pedro...

Não sei mais quem veio antes ou depois. Talvez Ângela tenha sido a última. Ela me conheceu quando eu me desinteressava dos poetas brasileiros e começava a estudar as várias versões do mito de Orfeu. Era professora de literatura grega, e conhecia o assunto melhor que ninguém. Falávamos só disso, ela interessada no mito, e eu em suas várias versões. Daquela história de um amor transcendente para a cama o caminho foi curto. E as coisas iam bem, nos entendíamos ao som da ópera de Gluck, que ela não cansava de ouvir, muito menos eu. Um dia Ângela foi a um congresso, e eu sentei na beira da cama, como das outras vezes, intuindo que seria abandonado. E fui. Ângela também deve ter cansado de ser minha Eurídice.

Hoje me lembro de Ângela sem distingui-la de Sílvia, Maria, Clara, Gilda, Carolina, sentado de costas para o lado arrumado da cama. Confundo os rostos, que muitas vezes vejo envoltos em mantos fúnebres, como se elas todas fossem uma só. Havia tempos eu ainda pensava nelas como personagens da história de Orfeu, na versão otimista de Gluck: eram todas Eurídices, tragicamente mortas. Na minha imaginação trajávamos aquelas roupas próprias da mitologia, lençóis brancos até os pés, louros envolvendo a cabeça; ou então vestes feitas de trapos, com os corpos bem torneados à mostra. Enquanto eu pranteava a morte de minhas amadas, Amor, ou Eros, vinha dizer que meu canto enternecera Zeus e me conclamava a descer ao reino dos mortos, onde deveria convencer Plutão a libertá-las. No entanto, não poderia olhar para nenhuma delas nem lhes dirigir palavras no trajeto de volta à vida. O resto da história nós já sabemos. Eu venceria todas as barreiras, enfrentando cães de três cabeças e outros monstros horríveis, seduzindo-os com meus cantos de amor. Mas não resistiria aos clamores de Eurídice, Sílvia, Maria, Gilda, Ângela, Clara ou Carolina e, sucumbindo a seus apelos, haveria de tomá-las nos braços antes de atravessar o rio Estige, condenando-as a uma segunda morte. Desesperado, choraria o destino de minhas mulheres e cantaria a famosa ária de Gluck: *"Che faró senza Euridice?"*.

Naquele tempo, eu ainda conseguia imaginá-las como na ópera, ressuscitando pela segunda vez, graças à minha música passional. Deitadas a meu lado, elas diriam: "Boa noite, amor, tenha bons sonhos", antes de virar para o outro lado e dormir.

Hoje essa versão do mito não passa mais pela minha cabeça. Quando não me lembro das diversas despedidas ou das discussões finais, tento me consolar como se ainda fosse um Orfeu moderno, em São Paulo, no século XXI. Mas minhas Eurídices estão mortas só no sentido figurado, já que todas me trocaram por outro qualquer. Vivem perdidas de sua verdadeira existência, comigo.

Sentado na cama, eu me vejo como um Orfeu sem lençóis, trapos ou louros, tentando salvá-las de um destino infeliz. Apelo para elas, para que voltem ao meu convívio, sem olhá-las, com o rosto virado para o lado, ou para baixo, para não pôr tudo a perder. Nenhuma atende meu pedido. Várias chegam a dizer: "Nem morta", ou: "Prefiro a morte a viver com você". Eu retorno sem sucesso. Nem chego a perder minha Eurídice no caminho, como nas versões trágicas do mito. No meu caso, não há redenção pelo amor, ou alguma grandeza de sentimentos que anteceda a tragédia final. Continuo sentado no lado esquerdo da cama, o lado direito todo arrumado, sem sinal da passagem de nenhuma Eurídice por aqui.

Doutor

Minha mãe queria que eu fosse médico. Coitada. Meu pai até ria. "Meu filho médico", ele dizia e gargalhava. Se conseguir ser pedreiro ou encanador, está bom. Ela fechava a cara e continuava dizendo que eu ia ser médico, que ia estudar para isso, faculdade e essas coisas, que eu era inteligente: "Olha a cara do menino, Osvaldo, ele tem cara de doutor".

Meu pai era mestre-de-obras, encanador e pedreiro, mas passava a maior parte do tempo desempregado; no bar, tomando cerveja, jogando dominó. Minha mãe trabalhava de diarista, me levava para a escola todo dia de manhã, no caminho para a casa da dona Laura ou da dona Joana, e falava que estava guardando dinheiro para meus estudos, "se precisar". Batia com a mão na bolsa e dizia, sorrindo: "Se precisar".

O primeiro brinquedo que eu ganhei de Natal foi uma maleta de médico. O primeiro e o último. Depois disso nossa situação ficou mais difícil. Meu pai deixou de procurar emprego. Entrava em casa, me via brincando com o jogo que minha mãe escolhera e dizia: "E aí, doutor, dá para escutar meu coração?". Eu passava as tardes brincando de médico. Colocava o termômetro no gato que vivia no terreno baldio colado à minha casa, ele miava, louco de raiva, mas eu precisava praticar.

Nas primeiras vezes que meu pai pediu que o auscultasse, até achei que ele falava sério. De jaleco branco, óculos de plástico, entrava em seu quarto, ele esparramado na cama, e apoiava o estetoscópio em suas costas ou peito para ouvir o coração. Mas aí ele dava risada, uma risada estridente, ou adormecia, roncando alto, e eu desisti.

Os colegas da rua não gostavam muito desse tipo de brincadeira. Preferiam jogar taco ou futebol. Da minha casa eu ouvia o barulho dos pés descalços raspando a terra, parecia uma lima chiando, a sola em contato com a terra seca, e a bola cortando o chiado como uma percussão. Muitas vezes eu apoiava o estetoscópio no chão do quarto, para ouvir melhor os meninos brincarem no terreno baldio. Eu auscultava tudo. O jogo de bola através do chão, o sono ou o amor dos meus pais através da parede. Me dava uma aflição a mistura dos risos e gemidos da minha mãe, enquanto do meu pai eu não ouvia nada. Só a cama rangendo e os ruídos da minha mãe.

Uma vez até subi numa escada para encostar o estetoscópio no forro e auscultar o barulho dos aviões. Meu pai chegou em casa bem naquela hora. Ao me ver na escada, riu um bom tempo. Parecia que não ia parar de rir nunca mais.

68

As coisas não aconteceram como minha mãe queria. Meu pai, de tanto beber, durou pouco. E a dona Laura se mudou para Minas. Queria levar minha mãe junto, mas ela não foi. Acho que ficou por minha causa, apesar de eu já estar grandinho, cursando o ginásio — segundo os cálculos dela, a caminho de virar um doutor. A dona Joana se separou do marido. Parece que ele aprontou com ela, e feio. Virou a mão, diziam. Ela se mudou para longe, para um apartamento menor, e cortou relações com todos. Até com a diarista, de vergonha, talvez.

Sem dona Laura e dona Joana, minha mãe saiu procurando casas novas onde trabalhar, mas não era fácil se entrosar com as patroas. Elas eram muito jovens e arrogantes, queriam ensiná-la: a lustrar os móveis, a encerar o assoalho, a passar as camisas dos patrões. Ela chegava nervosa, ao anoitecer, sentava contrariada na cama, olhava a bolsa vazia, a mesma em que batia a mão quando eu era pequeno, orgulhosa do dinheiro que economizava para os meus estudos, "se precisar".

Não tardou, e tive que ajudar em casa. Quando vi, estava usando as roupas do meu pai — calça manchada de tinta, camiseta regata e boné —, trabalhando com meu tio, de servente de pedreiro e encanador. Fui gostando do trabalho, principalmente de consertar canos quebrados. Gostava de entender o fluxo das águas das casas, de ver o que ninguém via, o que estava debaixo do piso, no meio das paredes, nas entranhas dos apartamentos, por onde entra a água para a cozinha e sai também o que tem de sair.

Hoje minha mãe não trabalha mais. Prepara o café bem cedo para mim, me acompanha até a porta, com orgulho do meu uniforme azul-marinho, das botas e das luvas de borracha. "Um especialista", ela diz. "Meu doutor." Mas eu não sou exatamente o que ela pensa, iludida pelo cansaço dos anos e talvez pelo meu uniforme limpo das manhãs. É verdade que tenho uma especialidade. Sou um auscultador de canos. Trabalho numa desentupidora, onde me chamam para resolver casos especiais.

Não uso um estetoscópio como gostaria minha mãe, mas encosto o ouvido num tubo de ferro comprido, de pontas fechadas, para detectar o rumo das águas, encontrar caixas de esgoto escondidas sob o piso, entupidas após anos de uso, ou, em muitos casos, por pêlos de cachorros ou gatos de estimação. Chego em casas reviradas, com o piso arrancado, cuja caixa de esgoto não está onde a planta indica; a fraude dos engenheiros é que garante, em grande parte, o meu emprego. Ausculto o caminho das águas e indico onde se deve quebrar. Sou um caçador de caixas de esgoto ocultas, de manilhas arriadas, de canos que dobram onde não deviam. Cavo jardins com o ferro no ouvido, sigo o barulho das águas despejadas nas latrinas e dou o diagnóstico do que ocorre debaixo do chão.

Meus colegas me chamam de Doutor, acho que um deles ouviu minha mãe se despedindo de mim. No começo eu não gostei, agora não dou importância. Gosto do que faço, do silêncio a minha volta quando tocam a descarga e eu começo a auscultar. No entanto, depois que as águas passam, tenho sempre a impressão de ouvir um coração pulsando. E uma risada incômoda saindo dos canos.

Acapulco

Era uma foto sem importância do álbum da minha avó. Até chegar nela, sempre olhávamos as fotografias do seu casamento, da lua-de-mel numa estação de águas, os recém-casados com maiôs compridos e justos, sorrindo para a câmera. Minha avó gostava também de rever a página onde estavam, lado a lado, meu avô esquiando, olhando de perfil simultaneamente para o fotógrafo e para a cidade distante, e ela, linda, inclinando a cabeça envolta numa estola de mink na direção da foto do meu avô. Nesses retratos eles pareciam se lembrar do futuro, do momento em que seriam vistos num álbum, a cada visita minha.

Os dois passariam por Fred Astaire e Ginger Rogers, se minha avó tingisse os cabelos e meu avô fizesse um pequeno regime. Poderiam talvez ter escapado mais facilmente da Iugoslávia, dizendo: "Somos Ginger e Fred", e dançariam de rosto colado, ela com um vestido de plumas brancas, ele de cartola e fraque, ao redor dos guardas alemães, que pediriam desculpas, tirando o capacete, ou, quem sabe, por força do hábito bateriam continência para os atores famosos, cuja nacionalidade esqueceriam, ou fingiriam esquecer.

Folhear o álbum era o programa preferido da minha avó quando eu, já crescido, passava horas em sua companhia, no apartamento onde ela morava com uma enfermeira. Desconfio que, logo depois de me levar até a porta, minha avó sentava com a acompanhante e lhe mostrava as mesmas imagens que víamos em nossas longas sessões.

Após as fotos do casal, havia uma seqüência de retratos da minha mãe, primeiro num carrinho de bebê, protegida do inverno europeu, quase perdida entre luvas, xales e um gorro de lã grossa. A seguir, uma profusão de fotografias da sua adolescência, já no Brasil. No baile de debutantes, o vestido de saia-balão, com renda nas mangas e no decote, destoava do clima tropical; se eu não conhecesse a história da família, poderia jurar que o baile tinha ocorrido na Itália, onde meus avós e minha mãe se refugiaram por muitos anos, antes do fim da Segunda Guerra. Há poucas fotos do casamento dos meus pais, em São Paulo, numa sinagoga que não existe mais. Só a entrada do noivo, de terno e chapéu escuros, o rabino, em primeiro plano, com alguns familiares, esperando a noiva, minha mãe sorrindo para as amigas no caminho do altar e depois jogando o buquê sem se virar para trás.

É aí que entram as minhas fotos, o primeiro filho e neto de uma família pequena, uma criança alegre, de bochechas e sorrisos fartos. O Gumex no cabelo acompanha os anos iniciais da minha vida, assim como as calças curtas e as botas de correção para pé chato. Estão sempre lá, coadjuvantes fiéis do sorriso que não falha, esteja eu no carrinho de bebê, sentado no sofá segurando um bandolim, ou posando com roupa de marinheiro para um fotógrafo profissional.

Até chegar naquela foto, essa parte do álbum parece mais uma série de variações sobre o mesmo tema, que revelam o quanto as atenções passaram a se concentrar em mim. Depois que nasci, meus avós e meus pais não vestiram traje de banho nem roupa de festa por muito tempo, ou então não se deixaram retratar em situações fora do cotidiano. Resolveram fotografar apenas o neto, talvez disputando quem ficava com a máquina, quem pedia um sorriso ao menino: "Olha para mim, fala xiiisss".

É difícil entender o que me fazia parar naquela foto pequena, sempre com a desculpa: "Vó, seu neto está com fome", senha infalível para ela levantar, correr até a copa e voltar com meus doces prediletos, os petits-fours que guardava numa lata arredondada e florida. A fotografia é clássica, há uma dessas em qualquer álbum de retratos: a mesa da festa de aniversário, o bolo de chocolate no centro, os amigos em volta, todos olhando para as velas segundos antes de serem sopradas. A diferença é que naquela foto, além de vestir terno e gravata para a comemoração dos meus nove anos de idade, eu usava um sombreiro mexicano, de abas largas, que me tolhia os movimentos e não me permitia olhar simultaneamente para o bolo e para a câmera, como faz todo aniversariante. E meu sorriso não era o mesmo dos retratos anteriores.

* * *

Talvez aquelas tenham sido as férias mais compridas que passei com meus avós. Deu para perceber, desde que saímos de casa, que a estadia seria longa; minha mãe não desgrudava de mim, meu pai, irritado, puxava-a para que o caminho não parecesse diferente do de um domingo qualquer. Eu estava acostumado a ficar com meus avós nos fins de semana em que meus pais tinham alguma atividade social. Íamos ao parque, e meu avô se esforçava para jogar futebol comigo; tentava com graça disfarçar seu total desconhecimento das partes do corpo que devem se mexer para chutar a bola, dar um drible ou salvar um gol. Com minha avó eu jogava pão para os peixes miúdos do lago cada vez mais turvo da entrada, até ela pedir que voltássemos para o almoço de sempre: bolinhos de carne típicos da Iugoslávia, acompanhados de arroz de repolho e salada de berinjela. Para me incentivar a comer mais, meu avô simulava uma dança com as mãos: assobiando a *Suíte Quebra-Nozes*, apontava na direção da minha boca o bolinho espetado no garfo, como se fosse uma marionete, e dizia: "Ele dança, ele dança".

À tarde meu avô me ensinava a jogar xadrez, ou íamos à sua fábrica de cartões, no centro da cidade, onde ele adorava ficar sozinho. Sentia prazer em erguer a pesada porta de metal, trancada com um cadeado dourado, como um tesouro. Entrava na gráfica, no depósito e no seu escritório vazios, e se certificava de que estava tudo lá, como havia sido deixado na noite de sexta-feira. Das altas pilhas próximas às máquinas de impressão, ele retirava algumas folhas e examinava os cartões de Dia das Mães, de aniversário, os santinhos, as decalcomanias com motivos patrióticos. Invariavelmente dizia: "Menino, isso tudo um dia vai ser seu". E eu, confuso, me perguntava se meu avô me daria todos aqueles cartões ou se estava se referindo ao galpão silencioso e apenas parcialmente iluminado em que a voz dele ecoava: "Vai ser seu, seu, seu...". Na volta comprávamos selos, que ele dizia colecionar para mim. Com a gráfica, que ficava em frente à praça Princesa Isabel, e os selos da praça da República, nascia a minha noção do futuro, um futuro cheio de propriedades virtuais, e um gosto precoce de responsabilidade, que eu não tinha com quem compartilhar.

Mas daquela vez era diferente. Chegando à casa dos meus avós, logo notei uma mala aberta sobre o sofá-cama do estúdio do meu avô, com roupas minhas que davam para um mês. Meu pai já não tentava disfarçar, e, embora ninguém tivesse me dado a notícia concretamente, minha mãe soluçava: "Vai passar depressa, filho, eu prometo", e desandava de novo a chorar. Acho que entendi a situação antes mesmo de meu pai se abaixar para me olhar de perto, segurar meus braços e explicar sobre as férias que eles sempre sonharam, sobre a Europa, para onde nunca tinham voltado, os Estados Unidos, que não conheciam, e Acapulco, cidade que abrigava La Quebrada, um penhasco altíssimo do qual saltavam os nadadores locais, o lugar para onde ele mais queria viajar.

* * *

Será que Johnny saltou de La Quebrada? Afinal, desde os quinze anos ele foi chamado de O Hidroplano Humano, Príncipe das Ondas, Peixe Voador, A Maravilha Aquática, O Rei dos Nadadores e, sobretudo, de O Maior Nadador das Américas. Mas, para poder representar os Estados Unidos, que tantos apelidos lhe deram, nas Olimpíadas de 1924, o garoto órfão de pai que maravilhou a América precisou usar os documentos do seu irmão Peter, embora para lá tivesse emigrado da Hungria, seu país natal, ainda de fraldas. Nesse evento, ganhou a medalha dos cem metros rasos — nadando pela primeira vez na história um segundo mais rápido que o minuto —, a dos quatrocentos metros e a dos oitocentos metros por equipe.

E de inúmeras formas foi chamado nas Olimpíadas que se seguiram, nos shows aquáticos dos quais participou, em hotéis, em desfiles de trajes de banho, até que seus atributos físicos, a personalidade ingênua e a falta de experiência como ator o qualificaram para o papel que acabaria de vez com os múltiplos apelidos e lhe daria uma nova e definitiva identidade. Desde o momento em que um executivo da MGM o viu se exibir na piscina do hotel em que se hospedava, ele passou a ser só Tarzan, o Rei das Selvas.

* * *

Como eu só havia ficado na casa dos meus avós nos fins de semana, quando sempre levantava mais tarde, com eles já arrumados, nunca tinha presenciado o que vi ao acordar na primeira manhã, depois de uma noite em que custei a dormir, pensando no avião que levava meus pais para a Europa. Como será que aquele bicho de metal levantava do chão? Os passageiros dormiam em camas com travesseiros altos, como os que meu pai usava? E eles vestiam seus pijamas, ou recebiam novos, com a marca da companhia de aviação estampada no bolso do peito?

Naquela segunda-feira, ainda meio sonolento mesmo depois de escovar os dentes, fui ao quarto deles, onde meu avô esticava a camiseta branca sem mangas, de algodão canelado, para dentro da cueca samba-canção também branca, como se ele próprio tivesse saído da tábua de passar; e minha avó, com um penhoar de seda azul, sentada à penteadeira, escovava o cabelo, que, para minha surpresa, ia até a cintura. Diante daquele móvel de madeira clara cheio de espelhos, ela inclinava a cabeça levemente para os lados, e os fios negros e lisos quase chegavam ao chão. Só a vira de coque, um coque alto que eu nunca imaginara pudesse esconder um volume tão grande de cabelos. Assim minha avó parecia uma menina, como as de uniforme com saia plissada que eu observava na saída do colégio de freiras que ficava em frente ao meu.

Talvez com ciúme do modo como eu olhava para ela, meu avô, agora com suas meias três-quartos pretas, espichadas até os joelhos, passou por mim, estufou o peito e, formando um arco com os braços que terminava com as mãos cerradas na cintura, fez pose de lutador de luta livre antes do combate, ou de nadador prestes a mergulhar, preocupado em se exibir para as câmeras e intimidar os concorrentes.

Saí para o colégio em seguida, com as duas imagens na cabeça, e foi difícil prestar atenção nas aulas. Minha avó e seus longos cabelos e meu avô, o antiatleta de cuecas brancas e meias pretas, eram mais atraentes que as equações de primeiro grau ou os verbos irregulares cuja conjugação eu tinha que decorar.

* * *

Na pele de Tarzan, John Weissmuller trocou os maiôs de duas peças, que usava para competir e posar como garoto-propaganda, por uma sunga rústica, sustentada nas laterais apenas por um fio. Weissmuller e Maureen O'Sullivan, contratada para fazer o papel de Jane, a garota inglesa que se apaixona pelo homem-macaco e decide viver nas selvas com ele, acabaram se tornando símbolos sexuais, por muitos anos. Os trajes justos e curtos usados sem sutiã pela atriz chegaram a gerar reações iradas das ligas de decência dos Estados Unidos, dirigidas por senhoras que se revoltaram ainda mais quando, no segundo filme da série, Jane nadou nua e beijou Tarzan debaixo d'água, numa cena censurada em vários estados americanos. São dois minutos de um ousado balé aquático, em que Jane — aí representada por uma dublê, campeã olímpica como Weissmuller — e Tarzan nadam após uma noite de amor em sua toca, construída sobre as árvores. Exibida em alguns locais, a cena foi definitivamente cortada, e só mais de quarenta anos depois, na versão em vídeo de *Tarzan and his mate*, se pôde voltar a ver o balé nu de Jane. No entanto, nas fitas seguintes, a MGM cedeu às pressões e trocou o biquíni de Maureen por um vestido, curto mas com um decote discreto. A idéia de uma moça de posses que abandona a civilização, atraída por um homem que praticamente só dizia *"Umgawa, umgawa"* e comandava chimpanzés e elefantes, seduziu o público e a crítica, transformando Tarzan num enorme sucesso de bilheteria desde o primeiro filme da dupla, de 1932.

Com a noção do que o casal Tarzan-Jane significava para o público feminino, a MGM ofereceu dez mil dólares a Bobbe Arnst, primeira esposa de Weissmuller, para que ela pedisse o divórcio, afinal um Tarzan solteiro na vida real agradaria ao imaginário das fãs e aumentaria o faturamento dos filmes. Johnny e Bobbe aceitaram a proposta sem maiores problemas.

Desde o momento em que Tarzan captura Jane da expedição que ela realizava com o pai, os dois se comunicam quase exclusivamente por meio da linguagem corporal; nas poucas falas do filme, Weissmuller, batendo no peito, diz "Tarzan" e, apontando para Maureen, diz "Jane". Nos intervalos das filmagens Johnny mantinha a identidade do personagem e por vezes constrangia a atriz com brincadeiras rudes. Sabendo que ela sofria de vertigem, certa ocasião balançou os galhos da árvore em que aguardavam a tomada da cena seguinte e, diante dos berros da companheira, agarrou-a e improvisou: *"Me Tarzan, you Jane"*. Essa frase famosa, assim como *"Play it again, Sam"*, jamais dita por Humphrey Bogart em *Casablanca*, foi ouvida apenas nessa ocasião, nunca nos cinemas.

Como ator, Weissmuller criou pouco ou nada mais que isso. Nadou muito, cavalgou elefantes e rinocerontes, combateu animais ferozes amestrados e jacarés eletrônicos. No começo teve poucos diálogos para decorar, depois se especializou nas falas gramaticalmente erradas que marcaram os dezessete anos e doze filmes que viveu como o Rei das Selvas.

* * *

A vida com meus avós diferia um pouco da minha rotina habitual. Depois da escola e dos deveres eu tinha mais liberdade e companhia. Podia assistir televisão, o que em casa só me era permitido nos fins de semana; e, com certa freqüência, saía para passear com minha avó ou para visitar meu avô na gráfica. Nessas visitas passava um bom tempo jogando com os office-boys que, entre uma tarefa e outra, eram liberados para uma pelada de bola de meia comigo, na praça em frente à fábrica. Ou trabalhava numa máquina de douração de santinhos. Eu não percebia as horas, olhando fascinado Antônio, Bento, João e Pedro ganharem, ao meu comando, uma auréola dourada e brilhante e virarem santos. Nunca me ocorreu perguntar por que meu avô vendia aqueles santinhos, se para ele existia um só Deus, sem auréola ou rosto conhecido. Talvez se antecipando à minha questão, ele sempre me mostrava, mesmo fora de época, os cartões de boas-festas que preparava para o ano-novo judaico, com purpurina azul espalhada sobre a estrela-de-davi.

Quando eu ia com minha avó às compras, ela aproveitava para me mimar: na volta, parava num bazar próximo de sua casa, onde sempre havia algum time novo de futebol de botão ou miniaturas de carros Matchbox. Eu insistia em ajudá-la com os sacos da quitanda ou da mercearia, julgando com isso fazer jus aos presentes, que me deixavam alegremente constrangido.

Uma vez, minha avó se demorou nos fundos do bazar e de lá saiu sorridente, com um disco na mão. Disse que queria me fazer uma surpresa e andou em ritmo apressado, me puxando com o braço que não carregava a manteiga e os pães quentes do café-da-manhã. Mal tive tempo de reparar na foto da capa: quatro garotos de franja olhando assustados para os milhares de fãs que compravam seus discos. Chegando em casa, colocou o long-play na vitrola e falou-me dos meninos de Liverpool, que eram o maior sucesso do momento. Enquanto eles cantavam, *"This happened once before, I came to your door, no replyyyy..."*, minha avó me apresentava aos Beatles como se fossem seus colegas de classe ou como se tivesse dançado com eles no baile de sábado do clube judaico.

Meu avô chegou do trabalho quando ouvíamos fascinados: *"... gotta be rock'n roll music if you wanna dance with me..."*. Parou e inclinou a cabeça para assimilar aquilo que visivelmente não conhecia; após alguns minutos se livrou do paletó e da gravata, arregaçou as mangas da camisa, pediu-me que pusesse a música desde o início e tirou minha avó para dançar. Depois eu soube que aquela coreografia curiosa, com as mãos cruzando diagonalmente sobre os joelhos, se chamava charleston; era a dança favorita dos dois, e nada tinha a ver com as guitarras, a bateria, e menos ainda com o refrão da canção dos Beatles. Na faixa seguinte o descompasso entre o ritmo e a dança aumentou, mas o que me fazia rir era a alegria de meus avós ao sapatear para os lados, em movimentos circulares, fingindo segurar uma bengala, olhando para os céus quando a música dizia: *"But tomorrow may rain, so I'll follow the sun...".*

* * *

John Weissmuller talvez tenha sido um dos primeiros pop stars do século xx, um pop star antes do tempo. Era reconhecido por onde andava, chamava a atenção das mulheres pelo porte físico e beleza, e era confundido com seu personagem. Costumava repetir para entrevistadores e fãs, mesmo sem ser solicitado, o célebre grito emitido por Tarzan para avisar Jane e os animais de que ele estava a caminho, e principalmente para pedir auxílio em situações de perigo. O grito, que em geral antecedia sua entrada em cena, saltando e fazendo acrobacias nos cipós, gerou muitas controvérsias. Johnny sustentava que a voz utilizada era dele e que criara o grito quando menino ao assistir a antigas versões da história do homem-macaco, sem imaginar que se transformaria, ele próprio, no mais famoso Tarzan de todos os tempos. Nos sete filmes mudos que precederam a era de Weissmuller podia-se apenas imaginar o grito de Tarzan quando ele estufava o peito. No oitavo, parcialmente sonoro, ainda não há diálogos, mas os espectadores assistiram a *Tarzan the tiger* com trilha sonora e pela primeira vez ouviram Tarzan gritar.

Outras versões afirmam que o grito teria sido criado em estúdio, com uma voz desconhecida gravada duas vezes, de frente para trás e de trás para a frente. No entanto, técnicos de som que participaram das filmagens de *Tarzan the ape man* asseguram que o grito de Weissmuller era na verdade mixagem de uma voz masculina com duas sopranos, e ainda com sons produzidos por uma hiena, um camelo, um violino e um piano. O que se sabe ao certo é que, quando os filmes de Tarzan migraram dos estúdios da MGM para a RKO, aí, sim, a voz utilizada foi a do ator. E que, se nas primeiras fitas a voz não era dele, Johnny aprendeu a imitá-la com perfeição. No fim da vida Weissmuller, acometido de seguidos derrames, passou por vários hospitais e sanatórios, onde, dizem, assustava as velhinhas a todo momento, gritando "aaaeeeooooeeeaaa".

O grito de Tarzan virou um símbolo popular. No fim de sua carreira, Johnny foi a um programa de auditório comandado por Groucho Marx, *You Bet Your Life*. Lá, devia responder quais as maiores cidades de diversos países. Se acertasse cinco respostas, ganharia mil dólares. Errou ao dizer que o Rio de Janeiro era a maior cidade do Brasil. Mas o apresentador o fez gritar duas vezes como seu personagem. Antes disso, Groucho Marx o imitara numa cena hilária: correndo de camarote em camarote, no final de *Uma noite na Ópera*, o humorista berrava como Tarzan.

Gritando, Johnny também se salvou de situações perigosas, como a que viveu em Cuba, muitos anos depois de fazer seus filmes. Nos últimos dias da Revolução, ele jogava golfe num hotel de Havana quando o campo foi cercado por seguidores de Fidel Castro, pouco dispostos a qualquer tipo de complacência com turistas americanos. No momento em que se aproximaram para prendê-lo, Weissmuller levantou os braços, disse: *"Soy Tarzan, amigo"*, bateu no peito e, sem hesitar, reproduziu o grito. Em seguida ouviu, acompanhadas de tapinhas nas costas, as desculpas dos revolucionários, que repetiram: *"Tarzan amigo, Tarzan amigo"*.

Embora não tenha combatido pelos Estados Unidos na Segunda Guerra, John Weissmuller foi condecorado pelo governo americano como herói nacional: por ter visitado acampamentos de soldados, e sobretudo por ter enfrentado e vencido com bravura os nazistas que invadiram a selva em *Tarzan triumphs*. Uma cena desse filme, exibido em 1943, despertou o fervor patriótico dos americanos. Ao ver seu filho, Boy, seqüestrado pelos alemães, Tarzan cerra os dentes e, com a faca na mão, anuncia: *"Now Tarzan make war"*.

* * *

Meu pai queria ir para Acapulco, minha mãe, voltar para a Europa. Por isso a viagem começou pela Itália, país em que estiveram em épocas diferentes, como sobreviventes da perseguição aos judeus, antes de imigrarem para o Brasil, onde vieram a se conhecer.

De Roma chegou o primeiro cartão-postal, que meu avô trouxe na hora do almoço. Emocionado, não percebi a expressão ambígua em seu rosto, quando ele me entregou aquela estranha reprodução de uma pintura em que dois dedos tentavam se encontrar, sem sucesso. Com caligrafia caprichada, minha mãe contava que estavam muito felizes, que no primeiro dia foram conhecer o Vaticano e que a imagem do postal era do teto da Capela Sistina. Dizia também que estava com saudades e que mandaria uma carta mais detalhada de Milão, cidade onde vivera durante anos e que esperava tanto rever. Meu pai aproveitava o espaço que restava para repetir que eu me comportasse bem e pedir notícias do campeonato paulista de futebol. Fiquei tão contente que demorei um dia para perguntar ao meu avô qual era o significado daqueles dedos no teto da capela. Levei o cartão para o quarto, e olhava a figura, relia as palavras, sentia os beijos com que minha mãe se despedia, e respondia alto para o meu pai, declinando os resultados dos últimos jogos: Santos 4, São Paulo 1; Corinthians 2, Juventus 0; Portuguesa 3, São Bento 1.

Quando meu avô falou daquela pintura de Michelangelo, disse apenas que ela representava a criação do mundo. Não entrou em detalhes sobre os dedos que não se juntavam, e comentou que teria preferido um cartão de outro lugar, com uma obra diferente do mesmo artista. Pegou um livro e me mostrou a escultura de um jovem nu, Davi, o herói bíblico que, embora franzino, venceu o gigante Golias com um estilingue. O Davi do livro não me pareceu pequeno como na descrição do meu avô. E os dedos da pintura do cartão, pensei, bem que podiam ser dele. Eram torneados e grossos.

Depois da conversa com meu avô e dos deveres de casa, fui para o quarto e liguei a televisão. A liberdade de assistir aos seriados e filmes vespertinos me deixava feliz. Mas, naquele dia, vira e mexe minha atenção se desviava da TV para o cartão-postal. Era como se minha cabeça estivesse no Vaticano. Com receio de que meu avô adivinhasse o destino dos meus pensamentos, eu imaginava minha mãe admirando aqueles dedos esticados e sonhava me equilibrar nos ombros altos do meu pai, alcançar o teto, colocar meu dedo entre os dois que não se tocavam, ou mesmo uni-los.

De repente o apresentador dos filmes da tarde anunciou o início de uma série com as aventuras de um homem-macaco. Intrigado, parei de me imaginar nos céus da capela e fiquei aguardando atento o tal selvagem aparecer. O começo do filme mostrava um grupo de exploradores ingleses à procura de um cemitério de elefantes, de onde, apesar da superstição dos nativos, esperavam voltar carregados de marfim. No trajeto passavam por rios e florestas cheias de animais e tribos selvagens. A linda filha de um dos aventureiros chegava de surpresa, para acompanhá-los.

Levei um susto quando ouvi o grito do Tarzan, que vinha pelos ares, se equilibrando em cipós. Susto maior tiveram Jane Parker, a jovem inglesa, encantada com aquele ser ao mesmo tempo doce e rude, e o Rei das Selvas, que via pela primeira vez uma mulher branca como ele.

Fiquei impressionado com a história toda, mas a luta entre Tarzan e os dois leões que o atacaram consecutivamente nunca sairia da minha cabeça. O herói vence os animais usando os braços e uma pequena faca. Termina exausto, é carregado por um elefante e salvo por um grupo de macacos que traz Jane para curá-lo. A luta com os leões e a cena final, em que Tarzan enfrenta um orangotango pronto para devorar Jane, me fizeram esquecer a criação do mundo e a viagem dos meus pais.

* * *

A relação de Weissmuller com os animais foi especial, desde o início da série. Maureen O'Sullivan chegou a se queixar de que Cheeta, o chimpanzé — quatro macacos diferentes foram Cheeta através dos tempos —, dava mais atenção a ele. Durante as filmagens, Johnny salvou Cheeta I do afogamento, e ambos ficaram profundamente ligados. Quando o chimpanzé morreu, o ator sentiu como se tivesse perdido um filho, e passou a visitar com regularidade seu túmulo. Weissmuller também gostava bastante da elefanta Emma. (Curiosamente, esse é o nome da esposa de Edgar Rice Burroughs, o criador das aventuras de Tarzan.) Emma, como todos os elefantes que aparecem nos filmes de Tarzan, viera da Índia; por serem menores que os espécimes africanos, os elefantes indianos são mais fáceis de amestrar. Já que o herói reinava na África, a MGM se preocupou em disfarçar a procedência dos bichos, colocando neles enormes orelhas de borracha, o que custava horas de trabalho aos maquiadores, além de levar a freqüentes interrupções nas filmagens, para reparos demorados. Muitas vezes Weissmuller dispensava os dublês e montava ele mesmo elefantes e rinocerontes; depois, reclamava das feridas que sua crosta abrasiva lhe causava na pele. Cavalgar um rinoceronte ou enfrentá-lo é muito difícil. Por não ter visão lateral, ele pode se tornar feroz sem aviso prévio; até Mary, a preferida de Johnny, era arisca e de difícil domesticação.

Os domadores de animais tiveram um papel muito importante no sucesso das fitas de Tarzan. As lutas eram filmadas após treinamentos exaustivos, tendo esses profissionais como dublês. O alto grau de realismo que fascinava o público envolvia grandes riscos. Certa vez um tigre, condicionado para saltar sobre o adestrador e com ele simular um combate violento, não o reconheceu no momento da filmagem. Os felinos identificam os homens em primeiro lugar pelo olfato. Maquiado para parecer um nativo africano, o dublê foi atacado pela fera, e por pouco a investida não teve um desfecho trágico. Há fotos de Weissmuller lutando com animais e registros de que ele, de fato, participou de algumas dessas cenas. Um de seus biógrafos conta que as lutas com crocodilos eram travadas pelo ator, mas outras versões mencionam a utilização de bichos eletrônicos, como na famosa cena em que o herói enfrenta um jacaré gigantesco em *Tarzan and his mate*. Johnny dizia que, nadando, era mais fácil fugir de um crocodilo, e acrescentava que quase fora devorado por um desses répteis velocistas em terra.

A comunicação espontânea de Weissmuller com os animais nas filmagens é, na verdade, um reflexo da história de Tarzan. O Rei das Selvas, ou das Feras, como também foi chamado, desenvolve uma língua comum com os animais, com Jane e com Boy, seu filho, mas não se entende com os brancos civilizados, nem sequer com as tribos, quase sempre canibais, da região. Frases como *"Hugalamba timba"*, *"Bowa Cheeta, bowa"*, ou a palavra mais usada, *umgawa*, que servia para os mais variados fins, irritavam Weissmuller, que se considerava desvalorizado como ator. Faziam, no entanto, todo o sentido na vida do bom selvagem, versão Hollywood.

O Tarzan que aparece nos livros e gibis de Edgar Rice Burroughs chega à África na barriga da mãe. Os pais, lordes ingleses, são largados na costa após um motim no navio que os transportava para uma missão. A mãe morre louca quando ele tem apenas um ano, e o pai é assassinado por um gorila. Órfão, longe da civilização, é criado por Kala, chimpanzé cujo filho havia sido morto por Kerchak, o gorila algoz de lorde Greystoke. Autodidata, aprende a ler e escrever com as anotações deixadas pelos pais, mas inicialmente só sabe falar a língua dos macacos. Depois dominará diversos idiomas e viverá como um lorde em Paris e Londres, indo e voltando das selvas para a Europa inúmeras vezes. Num dos gibis, inspirado pelo encontro com uma tribo romana perdida no meio do continente africano, Tarzan conversa com seu filho, em latim.

* * *

Todos os fins de semana da viagem de meus pais fui com meus avós para o apartamento que eles tinham em São Vicente, desde que eu era bem pequeno. Meu avô considerava a prainha que nascia ao pé do Edifício Fim de Semana o melhor que podia oferecer para o meu entretenimento; além do restaurante italiano em Santos e do cinema onde, nas noites de sábado, assistíamos às comédias da sua predileção.

O pequeno prédio parecia ser parte da geografia local, em harmonia com a praia de, no máximo, duzentos metros de extensão. Foi lá que aprendi a nadar, com um índio que, depois de andar por toda a praia e nadar de um lado para o outro, delicadamente se oferecia para levar as crianças ao mar. Sob o olhar orgulhoso do meu pai dei minhas primeiras braçadas, segurando na mão daquele índio.

No primeiro fim de semana, acordamos cedo e descemos a serra; minha avó dirigia o seu Dodge, e meu avô, que nunca quis aprender a guiar, dava palpites o tempo todo, com as mãos apoiadas no painel. Na entrada de Santos paramos, como sempre, para comprar um grande cacho de bananas-ouro, que eu comia vorazmente. O cacho marcava a duração do fim de semana, era nossa ampulheta: quando acabava, estava na hora de voltar.

Logo ao descer a rampa do prédio, vi o índio, que da praia acenava carinhosamente para mim. Ele era musculoso, tinha cabelos lisos caídos nos ombros e falava pouco. Gostava mesmo era de ensinar seus alunos mirins e depois nadar com eles naquele trecho de mar abrigado, com poucas ondas, que ele transformara num misto de escola e casa. Vivia das gorjetas que eventualmente ganhava dos pais das crianças.

Tinha sotaque e cometia erros de português. Gesticulava, como se falasse com os ombros e os braços. Nesses momentos não distinguia a natação da fala; como se fosse um tagarela, no mar.

Naquele sábado, percebeu algo diferente em mim. Puxou-me energicamente para a água, ainda mais animado que de costume. Levou-me ao fundo, ida e volta até uma ilha para onde nunca havíamos nadado, e depois sentou comigo na beira do mar. Ao ouvir minha respiração ofegante, perguntou: "Pai e mãe, onde?". Apontei o horizonte, atrás da pequena ilha, e disse: "Europa".

Na véspera eu havia assistido a mais uma aventura do Tarzan. No filme, um avião cai na selva e os passageiros morrem; apenas um bebê é salvo por Cheeta. Tarzan e Jane ganham assim um filho, vindo dos céus. O menino aprende a língua dos animais e a saltar nos cipós. Veste-se e grita como o novo pai. Há uma cena muito bonita, em que os dois nadam demoradamente, mergulham com um elefante e uma tartaruga enorme, e por fim brincam de pega-pega debaixo d'água. Na seqüência Tarzan salva o garoto, que, deitado numa vitória-régia gigante, é levado pela correnteza e quase cai de uma cachoeira. Fiquei tão vidrado no filme, que pensei em Boy e Tarzan até chegar a São Vicente, onde o percurso para a ilha tirou a energia da minha cabeça e colocou no pulmão.

À noite fui com meus avós ao restaurante italiano, onde pedia sempre a mesma coisa, macarrão com molho branco. No começo da refeição disputava com meu avô para ver quem acumulava mais conchas dos mexilhões que serviam como entrada. Púnhamos um prato contra o outro, com nossas edificações de vôngoles, por vezes maiores que os castelos de areia que eu esculpia com minha avó.

O filme daquele sábado era com Cantinflas, o humorista preferido do meu avô. O dono do cinema, um sujeito gordo e carrancudo que ficava no caixa, não dava um sorriso, embora só exibisse comédias em seu estabelecimento.

Saí da sessão pensando na diferença entre Cantinflas e o índio da praia. Um, alto e forte, com o corpo quase nu. O outro, baixinho, com trajes rotos, ou paletós imaginários que punha e tirava sem parar. O índio era quieto. O ator, falante. Eu fantasiava um encontro entre os dois, em São Vicente. Cantinflas à beira do mar, tagarelando, e o índio fingindo ouvir.

Pensava também na cidade onde se passava o filme a que acabara de assistir. Acapulco.

* * *

Há uma foto clássica, em que Tarzan está sentado numa árvore; à sua direita, Jane; à esquerda Boy e Cheeta. Todos sorrindo, pernas soltas no ar, como uma família feliz. E de fato, a partir de *Tarzan finds a son!,* a idéia de um núcleo familiar harmônico na selva se cristaliza. No terceiro filme da série, ainda antes da chegada de Boy, Tarzan e Jane já passam a viver numa confortável casa de seis quartos, sobre uma árvore, com água corrente e um elevador movido a elefante. Cheeta, claramente, faz parte da família.

Boy é um filho que cai dos céus. O curioso é que, nos livros de Edgar Rice Burroughs, o menino é filho natural de Tarzan e Jane. No cinema ele teve de vir dos ares, pois a MGM temia reações negativas, por parte da censura, à gravidez da heroína: Tarzan e Jane não eram casados oficialmente. Maureen O'Sullivan, que filmou grávida a história em que o casal acha um filho, pediu para sair da série, para que pudesse se dedicar exclusivamente ao papel de esposa e mãe. Por isso foram filmados dois finais para *Tarzan finds a son!,* num Jane morria, no outro não. Prevaleceu o segundo, e Maureen ainda participaria de duas fitas. Bem que Hollywood tentou convencê-la a continuar. No primeiro filme sem Jane, Tarzan e Boy recebem uma carta em que ela diz que está em Londres cuidando da mãe enferma e que sente muitas saudades. No seguinte, exibido em 1943, um avião sobrevoa a região e joga um pacote com uma mensagem de Jane. Ela explica que está trabalhando como enfermeira, atendendo feridos de guerra, e pede a Tarzan que envie remédios especiais da selva, para curar soldados que contraíram febre combatendo no Oriente. Outras mulheres aparecem nessas películas, mas o herói se mantém fiel, e não hesita em se declarar solitário e saudoso.

Jane, por seu lado, em *Tarzan and his mate* havia flertado com os ingleses que vieram resgatá-la e lhe trouxeram roupas da Europa. Arrepende-se e jura amor eterno a Tarzan. Em *Tarzan finds a son!* ela chega a enganá-lo, prendendo-o num desfiladeiro. Contra a vontade do pai adotivo de Boy, decide devolver o menino à família, para que ele fosse educado na Inglaterra. Novamente se arrepende e pede perdão. Em Nova York aconselha Tarzan a acreditar na justiça dos homens, e o resultado é o pior possível. Só desrespeitando as leis é que o Rei das Selvas, nesse filme vestindo terno e gravata, conseguirá libertar Boy, seqüestrado por empresários circenses que o exploravam por sua habilidade com os animais.

Quando os produtores viram que não havia mais como agendar as filmagens entre uma gravidez e outra de Maureen — ela acabou tendo sete filhos — e convencê-la a voltar para sua casa sobre as árvores, Brenda Joyce assumiu o papel de Jane, no qual ficou até o final da era Weissmuller. Maureen O'Sullivan se despediu das selvas em Nova York, vendo Tarzan escalar arranha-céus, entrar de terno no banho, gritar no chuveiro e saltar da ponte do Brooklin para escapar da polícia.

* * *

A semana começou com uma carta dos meus pais, recheada de fotos da Itália e da França. Numa delas, minha mãe aparecia em frente à casa onde morara em Milão, com uma expressão que imitava, talvez involuntariamente, a de outra fotografia, tirada vinte anos antes: ela pequena, recém-chegada à via San Maurilio, número 20, seu primeiro endereço fora dos campos de refugiados. A diferença era que agora sobrava ainda menos espaço para o discreto pátio com casas acinzentadas, que, como na foto antiga, pareciam ter sido geminadas para caber no visor da câmera.

Depois, olhei várias vezes para a imagem de meu pai, que, sorrindo e sem denotar esforço algum, segurava com a mão espalmada uma torre que tombava para a direita. Só passei para outra foto quando meu avô garantiu que se tratava de um efeito comum: todo mundo fingia segurar a Torre de Pisa — sem meu pai, ela não iria cair.

Em Paris, meu pai pequeno sob a Torre Eiffel, e minha mãe proporcionalmente maior debaixo do Arco do Triunfo. No envelope havia também um cartão-postal colorido, com a imagem de algumas pernas femininas, saindo de vestidos rendados, erguidas no ar. Minha avó sorriu e disse que aquelas eram bailarinas de um cabaré famoso, dançando cancã. Meu avô ficou visivelmente contrariado.

Tenho certeza de que, se tivesse aberto a carta sozinho, daria um jeito de esconder o postal. O que fez, no entanto, foi levar o cartão para o quarto, de onde voltou com outros, que guardava junto com sua coleção de selos. Neles se via um céu azul-escuro, com estrelas douradas, vestindo as paredes e o teto de uma capela. Meu avô contou que aquela igrejinha fora construída por um rei que chegara muito jovem ao poder. Um rei menino, que ergueu a Sainte-Chapelle para poder ser visto como monarca, não mais como criança. Para isso encomendou vitrais contando a história do mundo, uma coroa de espinhos sagrada de Constantinopla, e mandou pintar toda a igreja; só então virou rei de verdade. A história do rei menino desviou minha atenção. Era o que meu avô queria. Ele, que antes se mostrara desgostoso com a Capela Sistina, para me distrair dos joelhos nus das bailarinas francesas, apelava ao céu dourado da Sainte-Chapelle.

De Paris meus pais foram para Nova York, de onde recebi apenas um cartão, que mostrava uma ilha murada por arranha-céus e sustentada por pontes presas em grossos arames. Tive a sensação de já ter visto aquela paisagem. E acho que a cidade não causou grande impressão em meus pais. Minha mãe ainda pensava no que reencontrara na Itália, meu pai no que veria no México.

O que ele não imaginava era que seu filho, de alguma forma, já estivera por lá. Com Cantinflas. No filme do cinema de Santos, a passagem que mais divertiu meu avô foi aquela em que o humorista vai a Acapulco com o afilhado e tenta se estabelecer como engraxate, na praia. Meu avô ria sem parar, mal notando que na cena seguinte o herói salta, sem querer, de La Quebrada. Preocupado com o afilhado, que subira no penhasco, fascinado pelos nadadores do lugar, Cantinflas despenca lá do alto, a tempo de simular a pose sublime dos saltadores profissionais — eles pulavam para cima, abriam os braços e faziam uma curva em direção ao espaço exíguo de mar entre as rochas.

E não estive em La Quebrada apenas uma vez. Na última fita da série de Tarzan, muitas coisas estranhas aconteciam. Meu herói estava gordo, usava sandálias o tempo todo, inclusive debaixo d'água, e a aventura se passava num local litorâneo, com templos antigos, sem floresta, cipó, macacos, nem animais selvagens. O grande combate que Tarzan trava é com um polvo gigante, depois de saltar de... La Quebrada. Só pude reconhecer o lugar graças ao filme de Cantinflas, já que em nenhum momento fica claro que *Tarzan e as sereias* foi rodado em Acapulco.

O índio de São Vicente e Cantinflas só se encontraram em minha imaginação; Tarzan e Cantinflas possivelmente nunca se conheceram, mas saltaram do mesmo penhasco aonde meu pai iria chegar dentro de poucos dias.

* * *

O reinado de Weissmuller parecia não ter fim. Nem quando a última fita com ele no papel de Tarzan começou a ser rodada estava decidido que aos quarenta e três anos Johnny não tinha mais condições de continuar dominando a África, protegendo-a dos brancos predadores, lá encontrando misteriosas mulheres provenientes da Amazônia — alheias ao mundo exterior e à passagem do tempo

— e principalmente enfrentando animais selvagens e tribos canibais. Mas, após a desastrosa filmagem de *Tarzan and the mermaids*, na Cidade do México e em Acapulco, a RKO, nova produtora da série do herói, aproveitou que a ação acontecia no litoral da África, na imaginária região da Aquitânia, distante das florestas onde Tarzan fazia acrobacias nos cipós, e afastou de vez Weissmuller das selvas. Empurrado para o mar, não é à toa que sua última batalha tenha sido contra um polvo e não com um leão ou um jacaré.

Muitas desventuras marcaram esse último filme. A produção caríssima pretendia fazer dele um filme A. Mas os péssimos diálogos, a atuação sofrível dos atores, além das enormes dificuldades de rodar no México, quase impediram que *Tarzan and the mermaids* fosse considerado digno ao menos da letra B.

Durante as filmagens, Sol Lesser, o veterano produtor dos filmes de Tarzan, teve um infarto. Na seqüência em que o herói salta de La Quebrada, o dublê Ángel García morreu, jogado pelas ondas de encontro às rochas.

Antes dos primeiros takes de *Tarzan and the mermaids*, Johnny, convidado a conhecer o perigoso penhasco pelos mergulhadores locais, foi desafiado a saltar dali. Topou na hora, julgando que nem o maior nadador de todos os tempos nem o Rei das Selvas poderiam recusar tal provocação. Com alívio, viu os executivos da RKO proibirem-no de pular, alegando que centenas de pessoas perderiam o emprego se ele sofresse um acidente. Com o coração leve, Weissmuller encheu os pulmões, foi até a ponta do penhasco e gritou como Tarzan.

* * *

Meus pais já deviam estar no México, e eu ficava sonhando com as rochas de La Quebrada, embaralhando Cantinflas, Tarzan e meu pai. Será que ele também teria coragem de saltar, abrindo os braços, o corpo arqueado, uma mistura de homem, pássaro e avião?

Meu aniversário se aproximava, e meus avós preparavam uma festança para que eu não sentisse a falta de meus pais, que sempre puxavam a cantoria, o "Parabéns", é pique, é pique, é hora, é hora, e depois davam os brindes aos meus amigos e o presente para mim.

Na véspera da festa, eu fazia os deveres de casa quando a campainha tocou e minha avó me chamou à sala. Lá estava um senhor que me trazia um pacote especial. Ele encontrara meus pais no México e se oferecera como portador do volumoso presente. Segundos depois eu usava um sombreiro bastante desproporcional ao meu corpo, que não havia decidido crescer de vez. Junto com o chapéu vinha uma foto, em formato um pouco maior que o de um cartão-postal, de um homem voando, braços abertos, a meio caminho de um estreito pedaço de mar. No verso estava escrito: "Querido filho: La Quebrada vista dos ares. Saudades do pai".

Só tirei o sombreiro para dormir, mas mantive-o ao lado do travesseiro, e passei o dia do meu aniversário protegido por suas abas largas. Vesti o terno e a gravata que meu avô comprara para a ocasião, recebi os amigos com a cabeça coberta e, na hora de apagar as velas, tentei olhar para o bolo sem perder de vista o chapéu.

Meu avô, com as mãos nos meus ombros, buscava atrair minha atenção para o bolo, para os amigos que sopravam línguas-de-sogra, enquanto minha avó tentava bater uma foto e pedia que eu sorrisse. Mas a imagem de Acapulco não saía da minha cabeça; eu queria identificar o homem que voava em direção ao mar. Tinha apenas uma certeza: aquele não era o Cantinflas.

* * *

Aposentado como Rei das Feras, Weissmuller conseguiu trabalho num seriado de TV, no papel de Jim das Selvas, um Tarzan menos viril e vestido com roupas de safári. Costumava dizer que aquela era uma forma de ganhar dinheiro sem muito esforço. Mesmo assim, terminou a vida quebrado financeiramente e esquecido pelos fãs.

A explicação pode estar nos cinco casamentos fracassados, nos divórcios caros, num possível golpe aplicado por seu empresário ou nos exagerados gastos pessoais — Weissmuller recebia uma mesada de Bö Roos, o manager a quem delegara o controle de suas finanças. Sem conseguir filmar, totalmente identificado ao personagem que incorporou, começou a beber e se meteu em empreendimentos desastrosos com amigos como John Wayne e Frank Sinatra. No programa de televisão de Groucho Marx, disse que naquele momento trabalhava difundindo a natação e que seu objetivo era que toda criança americana tivesse uma piscina em casa. Também fez excursões em que se exibia nadando e aceitou o cargo de recepcionista de luxo num hotel em Las Vegas. Raciocinava como Tarzan, afirmando que podia distinguir os homens bons dos maus pelo cheiro, e chegou a pensar em batizar seus estabelecimentos comerciais de Restaurante da Selva ou Nightclub Umgawa. Quando foi compulsoriamente aposentado pela RKO, declarou: "Até Tarzan envelhece". Em momentos difíceis, sem trabalho, falava consigo mesmo na linguagem do personagem que incorporou: *"Tarzan hungry"*, *"Tarzan need gold"*, *"Tarzan steal white man gold"*, *"Umgawa! Tarzan think good"*.

Passou os últimos anos da vida em Acapulco, entre a demência e as recordações do derradeiro filme de Tarzan. Por vezes lembrava com nostalgia dos tempos áureos em que saía para farrear com Errol Flynn, Humphrey Bogart e John Wayne, os amigos que chamava de *the good guys*. Morreu na penúria, e ao enterro só compareceram a última esposa, a enteada, o embaixador americano no México e uma atriz que contracenou com ele em *Tarzan and the mermaids*. John Weissmuller Jr. visitou seu túmulo semanas após a cerimônia. Notou que o nome do pai estava grafado de forma errada na lápide, e viu porcos, vacas e cavalos pastando sobre a terra debaixo da qual se encontrava o famoso Rei das Selvas.

* * *

As visitas a minha avó continuaram, como sempre incluindo o ritual do álbum de fotografias. Por um curto período ela perdeu a memória, imaginou que sua casa era palco de batalhas da Segunda Guerra Mundial; eu tinha de lembrá-la repetidamente de fatos importantes de sua vida. Nesse intervalo o álbum ficou intocado, tornara-se um objeto vazio. Até que, um dia, ao chegar em sua casa, encontrei-a vestida como se fosse para uma ocasião especial. Toda maquiada, com seu colar de pérolas favorito e uma linda blusa de seda florida, ela sorria à minha espera, o álbum no colo. Recuperara a memória e queria comemorar com roupa de festa, e os petits-fours já na mesa. Viramos as páginas vagarosamente, minha avó me contou várias histórias novas, detalhes perdidos, curiosidades que eu desconhecia. Quando chegamos na pequena foto do aniversário, ela se antecipou; sem me deixar usar de qualquer subterfúgio, serviu-me os petits-fours e disse: "Essa fotografia foi tirada na sua festa de nove anos, em nossa casa, durante a primeira viagem de seus pais". Em seguida, contou-me tudo o que acontecera naquele mês, do primeiro disco dos Beatles ao sombreiro enviado de Acapulco.

Livro de memórias

Todos os meus amigos escreveram suas memórias. Escreveram ou pagaram para outras pessoas escreverem. Muitos não tinham nada para contar, as tais memórias foram criadas por escritores profissionais, com imaginação suficiente para fabricar dramas, travestir fatos comuns em eventos edificantes, transformar o cotidiano em exemplo para as gerações futuras. Um dinheiro bem gasto na invenção da própria história, que meus amigos passaram a repetir em festas, congressos e encontros sociais como se sua vida tivesse sido sempre aquela.

Da minha parte, sempre que penso em minhas memórias, imagino-me ditando-as a uma secretária bem jovem, provavelmente loira, com um coque alto, saia apertada, como nos seriados dos anos 60, ou morena, cabelo joãozinho, recém-egressa da faculdade de letras da USP, calças largas e óculos de intelectual. Andando de um lado para o outro, eu faria um esforço para lembrar da minha vida de maneira original e seduzir minha assistente pela modéstia e ternura das minhas recordações. Assim suponho que me diferenciaria dos colegas que "escreveram" suas memórias.

O começo do livro deveria ter um tom bastante literário, a infância dos outros sempre comove o leitor, é quando nos sentimos humanos, adotamos o personagem ou o escritor como se fosse um filho temporão.

Por isso eu iniciaria minhas memórias com a manhã em que fui para a escola sozinho pela primeira vez. Meu pai, que me acompanhava todos os dias, deu-me a fruta e o caderno, e disse que eu estava crescido, que já poderia tomar o ônibus sem ele. Instruiu-me a prestar atenção no trajeto, não perder o ponto, puxar a cordinha a tempo e não conversar com estranhos. Lembro bem da minha emoção ao olhar a cidade, que, sem meu pai, não parecia a mesma. Reparei na cor dos prédios, na estampa dos vestidos das moças, procurando notar se combinavam — as moças e os prédios. Fiquei com medo dos postes, que pareciam cair na minha direção, e, ao ver um homem de idade apanhando o jornal na calçada, imaginei a rua toda, edifícios e casas, vestida como aquele senhor, de pijama listrado. Com isso acabei não seguindo o conselho do meu pai. Quando me dei conta, já havia passado do ponto mais próximo do colégio. Subi no banco para puxar a cordinha e percebi que não tinha crescido tanto quanto ele dissera, sentimento com que penso encerrar o primeiro capítulo. Antes, porém, descreveria como me perdi depois de descer do ônibus e a chegada na escola, o sinal soando no passado, as portas de ferro já fechadas, sem apelação.

Fiquei a manhã inteira sentado no meio-fio, à espera do meu pai. Quando ele chegou, fui logo dizendo que a aula fora ótima, que eu tinha aprendido onde ficavam os pontos mais altos do Brasil, o pico da Bandeira, o da Neblina, além de muitos outros. Meu pai, orgulhoso, se pôs a falar do verde de nossas matas, do amarelo do nosso ouro, do azul do nosso céu. Sem perceber, ele fazia as vezes do professor, cumprindo o ritual que eu perdera pela primeira vez.

A infância deveria ocupar outros dois ou três capítulos, não mais. O mesmo número serviria para a adolescência, onde haveria lugar para alguma auto-ironia. Por exemplo, no relato da minha iniciação sexual. Sempre achei que o sexo, em primeira pessoa, favorece mais a dissimulação do que o exibicionismo, ainda que este último seja mais franco. As mulheres valorizam os homens que não contam vantagem antes da hora.

Os capítulos sobre a minha juventude poderiam começar com o primeiro passeio com meu pai pela zona, quando ele me explicou o que faziam aquelas moças, quase todas loiras, próximas ao meio-fio. Eu descreveria minha impressão ao ver as putas na rua, com suas saias imitando couro e as meias pretas de trama larga, que achei parecidas com redes de pescador. Em seguida contaria como o cheiro de pó-de-arroz e de perfume barato se impregnou em minhas narinas, e do receio que senti quando vi as prostitutas balançarem suas bolsas de lantejoulas no ar e imaginei todas aquelas partículas prateadas se espalhando pelo asfalto. A frase do meu pai no final do passeio, dizendo que, quando chegasse a hora, ele facilitaria meu acesso a uma daquelas mulheres, daria certa graça ao texto, pelo tom formal e envergonhado que empregou.

Quando a tal hora chegou, logo depois de eu completar treze anos, meu pai me deu uns trocados, um papelzinho com o nome Nina e um número de telefone rabiscado à mão. Disse-me para procurá-la em nome do meu tio, mais ou menos da mesma forma como disse que eu já podia ir para a escola sozinho; sem grandes explicações. No apartamento da Nina, fiquei olhando o lustre e o abajur, cada um de uma cor. Na parede havia um pôster do Menino Jesus e outro do Jerry Adriani. Na cama, uma colcha multicolorida, de retalhos costurados. A Nina era cheia de corpo, seria uma Vênus se usasse menos maquiagem e tivesse nascido dois ou três séculos antes. Ao abrir a porta, fora logo dizendo: "Entra, neném, fica à vontade". Para mostrar que tinha o controle da situação, perguntei, engrossando a voz: "Quanto é?"; deixei o dinheiro na cômoda e fui tirando a roupa. Na época meu conhecimento de sexo vinha da leitura das revistas de sacanagem que comprava no jornaleiro da esquina. Assim, tinha noção dos preâmbulos do ato sexual, das várias posições, mas desconhecia a dinâmica da coisa. Por isso, quando reparei, já estava dentro da Nina, estacionado, sem saber o que fazer. Ela cuidou do resto, fingiu que tinha sido ótimo, que se apaixonara, e no final disse: "Volta sempre, e manda lembranças para o seu tio". Em casa, meu pai esperava na sala com um olhar curioso, mas, ao me ver entrar, nada perguntou. Eu fiz sinal de positivo, fui para o quarto, olhei no espelho e falei bem alto: "Neném é a puta que te pariu!".

Quando penso que depois dessas partes terei de encontrar fatos que me engrandeçam, para o livro ficar de pé, quase desisto da idéia da publicação. A carreira universitária, o começo da vida profissional, o casamento, minha coleção de arte brasileira, que chatice, para falar disso tudo terei mesmo que contar com um escritor profissional. Nada do que eu lembro faria minhas secretárias ruborizarem. Elas sabem de antemão aonde cheguei, assim como todos que comprarão o livro.

Se ao menos eu pudesse contar algum episódio heróico da juventude, se tivesse participado da luta armada ou passado por um breve estágio na clandestinidade... Por menor que fosse, o relato de uma discreta participação numa passeata contra a ditadura já bastaria. Daria um colorido romântico, deixando com o leitor a imagem do homem bem-sucedido que um dia sonhou. Foi ingênuo; hoje é sereno e maduro. Temo, porém, não me controlar e contar o que de fato ocorreu quando fui a uma passeata, no fim da minha vida universitária, munido de bolas de gude para enfrentar a cavalaria. No meio do caminho parei num bar de nome sugestivo, Lírico, onde me esqueci dos slogans e me dediquei a gritar apenas a marca da cerveja da minha predileção e o apelido do garçom que costumava me atender. Sentado no balcão, enquanto bebia, eu mexia com os dedos nas bolas de gude guardadas nos bolsos, como se fossem um terço, um amuleto escondido, que, antes de voltar para casa, joguei num bueiro, ou entreguei para uns meninos na rua, não me recordo mais.

Por isso, quando penso nas minhas memórias, o impulso é outro. Nada de contar as façanhas como empresário ou como colecionador. Nem de falar dos inúmeros prêmios que recebi. Apenas o episódio da entrega do prêmio de Homem do Ano, esse sim poderia constituir um capítulo, mais para o final. O museu estava lotado, mas basicamente de convidados da associação de marketing que promovia o evento, de alguns funcionários das empresas que dirijo e de marchands que ajudaram a montar minha coleção. O prêmio fora concebido por um dos meus executivos, na tentativa de me agradar e se exibir.

Na cerimônia a apresentação coube a um respeitado jornalista, que, depois de declinar os nomes dos ilustres empresários premiados nos anos anteriores, falou um pouco de minha vida: "Do império que construiu com suas próprias mãos".

Em seguida o microfone foi passado para mim. O combinado era que eu lesse o discurso escrito pelo funcionário que "aceitara" o prêmio em meu nome, escolhera o museu para o evento e organizara o coquetel.

Não ouvi as palmas da claque; olhei para o papel em minha frente, lembrei-me do primeiro quadro que comprei, e passei a descrevê-lo. Uma marinha singela, com poucos elementos. Na parte superior da tela vê-se apenas o mar, uns pontinhos — supostamente barcos distantes —, e abaixo uma faixa grande de areia com pequenas manchas de capim. Um capim fora do lugar. Fiquei um bom tempo descrevendo a pintura, em especial aquela vegetação imprevista. Perguntei, aos que ainda me ouviam, se poderia chamá-la de capim, se haveria um nome melhor para o verde que nasce no meio da praia, eqüidistante do mar e da calçada. Ninguém compreendia o que eu queria dizer, muito menos a emoção na minha voz, que começou a falhar. Não pude continuar meu raciocínio sobre o que pode haver de inesperado num quadro. O apresentador, provavelmente seguindo instruções superiores, tomou a palavra e preencheu os minutos finais da cerimônia com detalhes da minha vida pessoal; falou das notas que tive na escola, da minha postura de pai e marido exemplar, da festa de casamento das minhas filhas, à qual compareceram todos os políticos importantes que conheci. Naquele momento pensei que ele pudesse estar se oferecendo para escrever meu livro de memórias, que, se um dia vier a ser publicado, deverá se chamar *Discurso sobre o capim.*

Notas

Alguns contos deste livro já tiveram versões iniciais publicadas:

"Doutor", na coletânea *Boa companhia — Contos* (Cia. das Letras, 2003);
"Empreendimento de alto padrão", na coletânea *A alegria* (Publifolha, 2002); e
"O lado esquerdo da cama", na revista *Bravo* (edição 83, de agosto de 2004).

Para "Acapulco", foram consultados os livros:

Tarzan, my father (ECW Press, 2002), de Johnny Weissmuller Junior;
Water, world and Weissmuller (VION Publishing Company, 1964), de Narda Onyx; e
Kings of the jungle (McFarland and Company, 2001), de David Fury.

Agradecimentos

> *Escrever é cortar.*
> Marques Rebelo
>
> *Escrever é cortar palavras.*
> Ernest Hemingway
>
> *Escrever é a arte de cortar palavras.*
> Carlos Drummond de Andrade

Em abril de 1999 escrevi meu primeiro conto. Ele não está neste livro. Foi cortado na reta final. Vários escritores disseram que escrever é cortar. Desde então o que mais fiz foi cortar, e um exemplo radical é o conto ausente. De resto, foram seis anos escrevendo, e cortando. Nesse período escrevi nove contos que não constam desta seleção e quase cem páginas de um romance do qual restaram vinte e duas linhas, que fazem parte do conto "Livro de memórias" — o menino toma sozinho o ônibus pela primeira vez, não reconhece a cidade sem o pai...

Por isso dedico este livro a todos os que não me deixaram fazer com os onze contos que aqui estão o que fiz com seu irmão primogênito. E a tentação foi constante. Como sempre, a Lili esteve presente em todos os momentos: quando escrevi "História com H", o primeiro dos contos ausentes, e ontem, quando fiz os últimos (espero) cortes em "Acapulco". Não desisti graças ao seu apoio. As linhas que sobreviveram devem a ela uma certa maternidade, e são testemunhas do sentimento que alegra nossas vidas. Tomás Eloy Martínez soube dos meus contos quase por acaso, insistiu para lê-los no momento em que eles já se conformavam com a gaveta, ou melhor, com alguns bites na memória do meu computador. Suas cartas tão generosas e um passeio inesquecível em Nova York convenceram-me a retomar a leitura do que eu havia escrito. A cortar, com limites. O mesmo fizeram Rubem Fonseca e Patrícia Melo, que leram a segunda e a penúltima (penúltima?) versão destes contos. Senti firmeza quando me ameaçaram com a publicação à minha revelia. Preocupado em delegar os cortes derradeiros a outra pessoa, voltei a escrever. E uma carta de Alberto Manguel foi a responsável pela decisão final da publicação de *Discurso sobre o capim*. Uma coletânea juntando essa carta com as do Tomás daria um livro curioso cujo título poderia ser "Cartas a um velho editor", com um subtítulo à francesa "ou a um jovem escritor envergonhado". Maria Emília Bender, Fernando Moreira Salles e Heloisa Jahn leram mais de uma vez e me devolveram os contos, com críticas sinceras e palavras carinhosas. Maria Elena Salles mais uma vez soube prever o destino dos meus desejos e angústias. Samuel Titan, Marta Garcia, Milton Hatoum, Bernardo Carvalho, Henrique Lanfranchi, Chico Buarque, João Moreira Salles, Livia e Luiz Alfredo Garcia-Roza, Luiz Henrique Ligabue F. Silva, Sérgio Windholz, Cecília Orsini, Marcelo Levy, Ana Paula Hisayama, Elisa Braga e Renata Megale leram versões iniciais de alguns contos, como bons amigos. Márcia Copola me mostrou o que é cortar com precisão profissional. Eliane Trombini e Salete Leão pararam pacientemente a impressora inúmeras vezes, sem reclamar, avisadas por mim de um novo corte a caminho.

Do convívio afetivo com a Baba, o Deda, André e Mirta tirei a inspiração direta para alguns contos, e muito mais.

Por fim dedico este livro à Júlia, que já me edita. Se soubesse em abril de 1999 que essa alegria me esperava e tivesse talento suficiente, tentaria escrever uma obra de mil páginas, para começar. E ao Pedro, que me emociona ao mostrar cheio de vontade seus primeiros contos e poemas.

Aos meus amigos, obrigado.

P.S.: Os parágrafos acima não estão sujeitos a cortes.

São Bento do Sapucaí, 21 de julho de 2005

ESTA OBRA FOI COMPOSTA EM MERIDIEN PELO ESTÚDIO O.L.M.
E IMPRESSA PELA RR DONNELLEY MOORE EM OFSETE SOBRE PAPEL PÓLEN BOLD
DA SUZANO BAHIA SUL PARA A EDITORA SCHWARCZ EM SETEMBRO DE 2005